Andrea
Camilleri

La
forma
dell'
acqua

© 1994, Sellerio Editore, Palermo
Korean Translation Copyright
© Saemulgyul Publishing House, 2009

Andrea
Camilleri

물의
형태

La
forma
dell'
acqua

안드레아 카밀레리
추리소설

음경훈 옮김

샘물결

일러두기

1. 이 책은 안드레아 카밀레리의 *La forma dell' acqua*를 우리말로 옮긴 것이다.
2. 인명, 지명은 옮긴이의 표기에 따랐다.
3. 단행본, 잡지, 신문 등은 『 』, 음악이나 미술 작품은 < >로 표시했다.

1

 새벽빛이 아직 스플렌도르 사의 안뜰까지 스며들지 않은 이른 시각이었다. 이 회사는 비가타 시의 환경 미화를 담당하고 있는 용역 회사였다. 마치 거대한 회색의 방수천이 도시의 이쪽 끝에서 저쪽 끝까지 쳐져 있기라도 한 듯 낮고 촘촘한 구름층이 도시를 완전히 덮고 있었다. 나뭇잎은 미동도 하지 않았다. 올해는 시로코(북아프리카에서 지중해 연안국으로 부는 모래가 섞인 열대 바람 — 옮긴이)가 늦게 기지개를 켰지만 인사말조차 건네기 쉽지 않을 정도였다. 각자가 청소해야 할 시역을 지정해주기 전에 팀장은 펩페 스캠마리와 칼루조 브루쿨레리가 당분간 사정이 있어 출근하지 않을 것이라고 말했다. 사정치고는 너무 거창했다. 어제 저녁 무장을 하고 슈퍼마켓을 털다 체포되었던 것이다. 팀장은 피노 카탈라노와 사로 본타페르토 두 사람에게 펩베와 칼루조가 맡

앉다가 현재는 공석이 된 '만나라(목초지)'라 불리는 지역을 맡겼다. 먼 옛날 목동이 염소들을 몰고 그곳을 드나들었기 때문에 그런 이름이 붙여졌다고 한다. 토지 측량 기사인 앞의 두 사람은 당연히 일자리가 없었지만 국회의원인 쿠수마노가 너그럽게 손을 써준 덕분에 '환경 미화원'으로 임시 고용되었다. 두 사람이 선거 운동에 몸과 마음을 다 바쳐 뛰었기 때문이다. 보다 정확히 말하자면 마음보다는 몸을 더 헌신했다.

만나라는 시의 외곽 거의 해안까지 뻗어 있는 광활한 지중해성 관목 지대였다. 뒤쪽으로는 지금은 폐허가 된 커다란 화학 공장이 길게 늘어서 있었다. 이 화학 공장은 세상에 무서울 것 없던 국회의원 쿠수마노가 드센 강풍과도 같았던 자신의 권력을 이용하여 휘몰아치듯 설립한 것이다. 하지만 저 무소불위의 강풍은 한 줄기 미풍으로 바뀌더니 곧 완전히 사라져버리고 말았다. 그러나 그 짧은 시간 동안 폭풍보다 훨씬 더 큰 피해를 끼쳐 길게 늘어선 실직 수당 수령자들과 실업을 흔적으로 남겨놓았다. 도시를 배회하고 있는 세네갈과 알제리, 튀니지, 리비아 등의 흑인과 다른 유색인종들이 공장 안에 보금자리를 마련하는 것을 막기 위해 공장을 빙 둘러 높은 벽이 세워졌다. 벽 위로 보이는 공장 건물은 날씨와 관리 소홀, 그리고 바다의 소금기로 부식되어 마치 가우디가 마약을 복용하고 설계한 듯한 인상을 주었다.

얼마 전까지만 해도 '만나라'는 거리에서 쓰레기나 치우는 사람들이 빗자루질 몇 번 하면 그만인 지역이었다. 종잇조각, 비닐봉지, 맥주 캔과 코카콜라 캔, 대충 가렸거나 대놓고 싸놓은 더러운 인분 사이로 사용하고 버린 콘돔이 간간이 눈에 띌 뿐이었다. 그것은 전날 밤 두 남녀가 만나 어떤 짓을 했는지에 대해 상상의 나래를 — 만약 그럴 생각과 상상력이 있다면 말이다 — 펼치게 했다. 하지만 1년 전부터 간간이 발견되던 콘돔은 사방에 흘러넘쳐 바다를 이루게 되었다. 콘돔이 마치 넓은 카펫처럼 깔리게 되었다. 롬브로소(Cesare Rombroso, 이탈리아 정신의학자, 범죄 심리학자 — 옮긴이)의 일람표에 딱 들어맞을 법한 과묵하고 시커먼 얼굴의 한 장관이 그의 얼굴보다 훨씬 더 시커멓고 신묘한 방책을 모색하다가 남부의 법과 질서 문제를 해결할 수 있는 생각을 끄집어낸 후부터 그렇게 된 것이었다. 그는 그것이 얼마나 좋은 생각인지를 당시 군을 담당하고 있던, 피노키오의 삽화로부터 금방 튀어나온 것 같은 얼굴을 한 동료에게 납득시킬 수 있었다. 마침내 두 사람은 '영토의 통제'라는 미명하에 시칠리아에 군부대를 파견하기로 결정했다. 카라비니에리(왕실 근위대에 기원을 두고 있는 경찰로 국가 안보에 대한 수사를 담당한다 — 옮긴이), 지역 경찰, 정보국, 특수 수사대, 재무 경찰, 교통경찰, 철도 공안원, 항만 경찰, 특별 검찰 수사부 요원, 반 마피아 수사대, 테러 수사대, 마약 수사대, 강력 범죄 수사대, 유기 납치 수사대 등을 비롯해서 일일이 거론할 수 없는 다른 많은 형태의 수사나 사정 관련 기관들의 과다 업무에 군대를 동원해 부담을 덜어준다는 것이 그 이유였다. 이 두 정치가들은 자신들이 낸 이 기발한 아이디어 덕분에 내륙지방에서 섬으로 건너왔다. 두 사람 모두 어머니가 피에몬테 주(이탈리아 북부 프랑스 국경과 맞닿아 있는 주로 수도는 토리노이다 — 옮긴이) 출신이었으며, 섬으로 떠나기 전날까지만 해도 프리울리 지방(이탈리아 북서부 지방)에서 코끝을 찌를 정도로 신선한 산공기를 마음껏 들이마시며 살았다. 하지만 이제는 해발 1미터 남짓 되는 섬마을에 마련한 임시 거처에서 지내게 되었다. 게다가 주변에는 말을 할 때 눈썹을 치켜올렸다 내리는 알 수 없는 표정을 짓고 뚝뚝 말이 끊겨 알아듣기 힘든 사투리를 쓰는 사람들 뿐이어서 객지 생활이 더욱 힘들었다. 하지만 젊은 그들은 최대한 적응하려고 노력했다. 타지 출신의 젊은이들의 얼굴에서 보이는 어딘가 미숙하면서도 쩔쩔매는 표정을 보고 딱한 생각이 든 비가타 주민들의 도움도 얻을 수 있었다. 그리고 제제 굴로타라는 친구가 그들의 객지 생활을 좀 더 수월하게 해주었다. 그는 머리 회전이 무척 빨랐지만 그때까지만 해도 뚜쟁이로서의 선천적인 자질을 감추고 시시한 약물 거래상에 머물러 있었다. 비밀리에 관계의 여러 요로를 통해 군대가 곧 비가타에 투입된다는 것을 알게 된 제제에게 번뜩이는 생각 하나가 떠올랐다. 제제는 그것을 당장 실행하기로 하고, 먼저 계획 실행에 필요한 무수히 많은 복잡한 인허를 받고자 그것을 담당하고 있는 사람들에게 호의를 요청하기 위해 달려갔다. 즉 제제가 찾아간 책임자들은 자신의 영역은 확실히 틀어쥐고 있지만 관인이 찍힌 허가서를 발행해줄 생각은 꿈도 꾸지 않는 그런 부류의 인간들이었다. 간단히 말해 제제는 젊고 싱싱한 몸뚱이들을 취급하면서 으레 그러듯 다양한 종류의 가벼운 약물들도 함께 판매하는 특수한 시장을 만나라에 열 수 있었다. 젊고 싱싱한 몸뚱이들은 대부분 과거의 동유럽권에서 공급받았는데, 알다시피 이 국가들은 모든 인간적 권리를 부정하는 공산주의의 멍에로부터 해방되어 있었다. 그리하여 밤이 찾아오면 만나라의 관목과 모래 해안 사이에서는 그들이 되찾은 존엄성이 화려한 빛을 발했다. 그곳에는 제3세계 여성, 복장 도착자, 성전환자, 나폴리 출신의 어린 매춘부와 브라질 출신의 성전환자들까지 있었다. 온갖 종류의 모든 것이 취향에 맞게 구비되어 있는 진수성찬이 차려진 거대한 축제라고 할 수 있었다. 이곳을 이용하는 군인들이나 사창가의 소유주인 제제, 그리고 제제에게 매춘업을 허가해주고 그에 대한 대가를 받는 지역의 조폭들과 주무 관청 사람들 모두 만족스러워할 만큼 사업은 번창했다.

  피노와 사로는 각자의 수레를 몰고 할당받은 구역으로 향했다. 그들처럼 느릿느릿 걸었다가는 만나라에 도착하는 데 삼십 분은 족히 걸릴 것이다. 두 사람은 처음 십오 분간 아무 말없이 걷기만 했다. 그렇지만 이미 몸은 땀으로 축축하게 젖어 있었다. 먼저 침묵을 깬 것은 사로였다.

"페코릴라 놈은 개자식이야."

"정말 개자식이지."

피노가 거칠게 내뱉었다.

페코릴라는 청소 구역을 할당해주는 팀장이었는데, 먹물이라면 끔찍이도 싫어했다. 실제로 페코릴라는 마흔 살에 겨우겨우 중학교 졸업장을 땄는데, 그것도 쿠수마노가 담임에게 간곡하게 부탁한 덕분이었다. 그래서 그는 항상 처리하기 가장 힘들고 지저분한 일을 자기보다 가방끈이 긴 세 명의 대학교 출신이 맡도록 수작을 부리곤 했다. 실제로 그는 그날 아침 칫쿠 로레토를 람페두사 섬으로 떠나는 우편선이 출항하는 선창 지역에 할당했다. 그것은 회계사였던 칫쿠가 토요일과 일요일에 배를 타기 위해 기다리면서 온갖 사투리로 떠들며 개인위생과 공중위생을 노골적으로 무시하는 시끄러운 관광객 무리가 남기고 간 수백 킬로그램에 달하는 쓰레기를 치워야 한다는 의미였다. 그리고 의심의 여지없이 전역한 지 겨우 이틀밖에 되지 않은 피노와 사로 또한 거대한 난장판을 만나게 되리라는 것을 의미했다.

사로는 케네디 가와 링컨 길(viale)이 교차하는 곳에 이르러〔비가타에는 아이젠하워 정원(cortile)과 루즈벨트 가도 있었다〕가던 길을 멈추었다. 사로는 '아이가 어떤지 잠시 집에 들러봐야겠어' 하고 친구에게 말했다.

"여기서 기다려, 일분이면 되니까."

피노의 대답을 기다리지도 않은 채 사로는 미니 고층 건물들 중의 하나의 문으로 들어갔다. 가장 높은 것이 12층 정도인 이곳 건물들은 화학 공장과 같은 시기에 지어진 것으로 완전히 버려지지는 않았지만 화학 공장과 마찬가지로 바로 폐허가 되어버렸다. 비가타는 바다에서 이 소도시에 다가가는 사람에게 축소된 맨해튼의 패러디처럼 보였을 것이다. 이쯤하면 이제 이곳의 지형과 거리 모습의 일부가 설명되었으리라 본다.

어린 네네는 잠을 자지 않고 있었다. 아이는 밤새 대략 두 시간 남짓 잘 뿐이었다. 나머지 시간은 절대로 우는 법 없이 두 눈을 크게 뜬 채로 있었다. 울지 않는 어린애가 있던가? 아이는 알 수 없는 병마로 인해 치료를 받으며 하루하루를 보냈다. 비가타의 의사들은 아무 도움이 되지 않았다. 다른 지역의 유능한 관련 전문의들에게 보내야 하지만 치료비를 마련할 길이 없었다. 네네는 아버지와 눈이 마주치자마자 어두운 표정으로 이마를 찡그렸다. 아이는 말을 할 수 없었지만 표정에서는 오히려 자신을 이렇게 놔둘 수밖에 없는 사람을 향한 말 없는 책망이 분명히 드러났다.

"조금 나아졌어요, 열이 내리고 있어요."

사로를 기쁘게 하려고 그의 아내 타나가 말했다.

동이 트자 하늘에는 작열하는 태양이 떠올랐다. 이미 쓰레기 수

레를 열 번 이상 내다버린 사로는 거의 녹초가 되어 있었다. 누군가가 적극적으로 나서서 추진했던 모양인지 쓰레기 하치장은 이전 공장 후문이었던 곳에 자리 잡고 있었다. 공장을 둘러싸고 있는 벽을 따라 지방 도로로 이어진 길로 들어서던 그가 땅 위에서 뭔가 반짝이는 것을 발견했다. 사로는 몸을 숙여 자세히 들여다보았다. 하트 모양의 목걸이로 크기가 무척 컸으며, 한가운데에 큼지막한 다이아몬드가 달려 있었고 가장자리를 따라 다이아몬드가 죽 박혀 있었다. 순금으로 된 목걸이는 아직 붙어 있었지만 한 곳은 망가져 있었다. 사로는 누가 보기라도 할까봐 얼른 오른손으로 목걸이를 집어 주머니 안에 넣었다. 여전히 놀라움으로 돌처럼 굳어 있는 사로에게는 뇌신경이 오른손을 움직인 것이 아니라 저절로 오른손이 움직인 것처럼 느껴졌다. 사로는 땀에 흠뻑 젖어 주위를 둘러보면서 몸을 일으켰지만 쥐새끼 한 마리 보이지 않았다.

모래사장 쪽에 더 가까운 지역을 맡은 피노는 갑자기 20미터 가량 떨어진 곳에 빠끔히 모습을 드러낸 승용차의 주둥이를 보게 되었다. 그곳은 다른 곳보다 관목이 훨씬 더 빽빽이 들어서 있었다. 그는 순간 당황해서 멈춰 섰다. 설마 이 시간에, 아침 일곱 시까지 누군가가 창녀와 그런 짓을 하고 있으리라고는 상상도 못했기 때문이었다. 피노는 조심스럽게 한 발씩 다가가기 시작했다. 몸을 숙

이고 소리 나지 않게 조심하면서 좀더 가까이 가보았다. 그러곤 자동차 앞부분의 헤드라이트까지 이르렀을 때 몸을 살며시 들어 올렸다. 그러나 아무 일도 없었다. 아무도 피노에게 '네 할 일이나 해'라고 소리치지 않았다. 차 안에는 아무도 없는 듯했다. 피노는 좀더 가까이 가보았다. 마침내 희미하게 한 남자의 모습이 눈에 들어왔다. 그는 미동 없이 조수석에서 안전벨트를 매고 머리를 뒤로 젖힌 채 있었다. 마치 깊은 잠에 빠진 듯했다. 그러나 피부색과 호흡을 살펴본 피노는 뭔가 수상한 일이 발생했다는 것을 직감했다. 피노는 몸을 돌려 다급하게 사로를 불렀다. 사로는 거칠게 숨을 몰아쉬며 놀란 눈을 하고 달려왔다.

"뭐야? 제기랄, 무슨 일인데? 도대체 뭣 때문에 부른 거야?"

피노는 신경질 섞인 친구의 말이 조금 거슬렸지만 여기까지 힘들게 달려오느라 그랬을 것이라고 넘겨 생각했다.

"여기를 보라고."

피노는 용기를 내어 운전석 쪽으로 가까이 가서 차의 문을 열어보려 했지만 소용없었다. 안전장치가 작동되어 안쪽에서 잠겨 있있다. 이제야 겨우 성을 가라앉힌 듯 보이는 시로의 도움을 받아 반대쪽 문으로 가보려고 했다. 남자의 몸은 이 반대편 문에 비스듬히 기대고 있었다. 하지만 거대한 녹색 BMW는 생 울타리 쪽으로 너무 붙여 주차해놓았기 때문에 누구도 그쪽으로 돌아갈 수 없었다. 두 사람은 차 안의 남자를 좀더 자세히 들여다보기 위해 다리 여기저기에 상처가 나는 것을 감내하면서 가시가 난 산머루 가지 위를 헤치며 다가갔다. 남자는 자고 있는 게 아니었다. 두 눈을 뜬 채 허공을 응시하고 있었다. 남자가 죽었다는 것을 깨달은 두 사람은 공포와 놀라움으로 몸이 얼어붙는 것만 같았다. 죽은 남자를 봐서가 아니라 죽은 자가 누구인지를 알아보았기 때문이다.

―

"사우나를 하고 있는 것 같군."

사로가 공중전화 박스를 찾아 지방 도로를 달리며 말했다.

"한 번은 냉탕에 들어갔다가, 한 번은 열탕에 들어가는 꼴이군."

두 사람은 죽은 사람이 누구라는 것을 알고는 곧 정신을 가다듬고 앞으로 무엇을 어떻게 해야 할지 의견을 모았다. 경찰에 신고하기 전에 먼저 다른 곳에 전화해야 한다는 데 의견을 같이했다. 그들은 쿠수마노 의원의 전화번호를 외우고 있었다. 곧 사로가 번호를 눌렀다. 하지만 신호음이 들리기도 전에 피노가 전화를 끊어버렸다.

"빨리 전화 끊어!"

사로는 시키는 대로 했다.

"그에게 먼저 알리는 게 싫은 거야?"

"조금만 더 생각해보자고. 좀더 말이야. 이건 중요한 일이야. 뭐냐면, 우리가 잘 알다시피 쿠수마노 의원은 그저 꼭두각시에 불과하다는 거지."

"말하고 싶은 게 뭐야?"

"쿠수마노 의원은 루파렐로 기사 손바닥에서 움직이는 꼭두각시잖아. 루파렐로가 짱이야. 또는 짱이었지. 루파렐로가 죽은 이상 쿠수마노는 아무것도 아니야. 발톱에 낀 때만도 못하단 말이지."

"그래서?"

"그래서는 뭘."

피노와 사로는 비가타를 향해 발걸음을 옮겼다. 하지만 잠시 후 피노가 사로를 멈춰 세웠다.

"변호사 리초에게." 피노가 말했다.

"난 그자에게는 전화하지 않을 거야. 겁 나. 난 그자를 모른다고."

"나도 그래……. 그래도 난 전화할래."

피노는 안내원에게서 리초의 전화번호를 알아냈다. 여덟 시 십오 분 전이었지만 다행히 전화벨이 울리자마자 리초가 전화를 받았다.

"리초 변호사님이십니까?"

"그렇습니다만?"

"이 시간에 전화해서 결례를 범했다면 용서하십시오…… 저희가 루파렐로 씨를 찾았습니다…… 하지만 사망한 것 같습니다."

잠시 침묵이 흘렀다. 그러고 나서 리초가 말했다.

"그런데, 왜 그걸 내게 말하는 겁니까?"

피노는 이맛살을 찌푸렸다. 그런 식으로 대답하리라고는 생각조차 못했기 때문이다. 참으로 황당하기 짝이 없었다.

"뭐라고요? 당신은…… 그의 절친한 친구가 아니십니까? 우리는 당신에게 이야기하는 게 당연하다고 생각했습니다만……."

"고맙습니다. 그렇지만 그저 당신들의 의무나 다하는 게 좋을 것 같군요. 좋은 하루 되시오……."

사로는 피노의 얼굴 가까이에 뺨을 갖다대고 두 사람 사이에 오가는 말을 엿듣고 있었다. 그들은 어찌할 바를 몰라 서로 쳐다보기만 했다. 리초는 마치 두 사람이 그저 이름도 모르는 어떤 시체 한 구를 찾았다는 말을 들은 것처럼 반응했던 것이다.

"제기랄! 그는 루파렐로의 친구였잖아, 안 그래?"

사로가 투덜거렸다.

"그걸 우리가 어떻게 알아? 최근에 싸웠을 수도 있고."

피노가 스스로를 위로하며 말했다.

"그럼 이제 어떻게 하지?"

"가서 우리 할 일이나 하자고. 변호사가 말한 것처럼 말야."

피노가 결론을 내렸다.

사로와 피노는 시내를 향해 발걸음을 옮겼다. 그들은 경찰서로 갔다. 카라비니에리에 간다는 것은 꿈에서도 생각할 수 없는 일이었다. 밀라노 출신의 중위가 그곳을 지휘하고 있었기 때문이다. 그와 반대로 살보 몬탈바노라는 이름의 카타니아 출신 비가타 경찰서의 경위는 맘만 먹으면 어떤 사건이든 끝까지 파헤쳐내고야 마는 사람이었다.

2

"한 번만 더."

"안 돼요."

리비아는 속삭였지만 그를 바라보는 눈빛엔 여전히 사랑이 넘쳐났다.

"제발……."

"안 돼요. 안 된다고 했어……."

경위는 언젠가 그녀가 '난 언제나 조금은 강제로 하는 것이 좋아요'라고 귓가에 속삭였던 것을 기억했다. 그러사 흥분한 그가 그녀의 손목을 거칠게 잡고 두 팔을 십자가에 고정시키듯 벌리면서 한쪽 무릎으로 그녀의 닫힌 넓적다리를 벌리려고 시도하던 때가 생각났다.

그들은 잠시 숨을 몰아쉬며 서로를 바라보았다. 그러다가 갑자기 리비아가 양보했다.

"좋아요, 좋다고요. 지금."

바로 그 순간 전화벨이 울렸다. 몬탈바노는 눈도 뜨지 않은 채 이제는 무정하게 사라져버린 꿈의 희미한 끄트머리라도 잡듯이 전화기에 팔을 뻗었다.

"여보세요!"

몬탈바노는 순간 자신을 방해한 상대방에게 화를 내며 소리쳤다.

"반장님, '손님'이 왔는데요……."

파지오 경사의 목소리라는 걸 알 수 있었다. 또다른 경사 토르토렐라는 마피아의 소행일 거라고는 하지만 실제로는 전혀 쓸데 없는 어떤 얼간이가 쏜 총을 배에 맞아 아직 입원 중이었다. '손님'이란 은어는 조사해야 할 시체를 뜻했다.

"누군데?"

"아직 모릅니다."

"어떻게 죽었어?"

"모릅니다. 아니 피해자가 살해되었는지조차 모릅니다."

"파지오 경사, 도대체 이해가 안 가는군. 제기랄! 그럼 자네는 무엇 하나 제대로 아는 것도 없으면서 나를 깨운 거란 말이지?"

몬탈바노는 내봤자 쓸데없는 화를 삭이기 위해 숨을 깊게 내쉬었다. 파지오는 이 상황을 마치 성인과도 같이 참아냈다.

"누가 발견했지?"

"만나라의 두 청소부가요. 자동차 안에서 발견했답니다."

"곧 갈게. 자네는 그동안 몬텔루사에 전화해서 과학 수사대 사람을 보내라고 해. 그리고 로 비안코 판사님께 알리고."

―

몬탈바노는 샤워를 하는 동안 시체가 시칠리아 마피아의 하부 조직인 비가타의 쿠파로파에 속한 똘마니인 것이 틀림없다는 결론에 이르렀다. 8개월 전 관할 영역을 둘러싼 분쟁 때문에 비가타의 쿠파로파와 펠라의 시나그라파 간에 잔혹한 싸움이 있었다. 거의 한 달에 한 사람씩 번갈아 죽어나갔는데, 정확한 순서에 따라 한 번은 비가타에서, 그리고 다음 한 번은 펠라에서 죽는 식이었다. 마지막에 죽은 자는 마리오 살리노라는 자였는데, 그는 펠라에서 비가타파가 쏜 총에 맞아 죽었다. 그러니까 이번에는 분명 쿠파로파의 조직원 차례였다.

몬탈바노는 만나라 반대편 해변에 있는 아담한 집에 혼자 살고 있었다. 그는 집을 나서기 전 세노바에 있는 리비아에게 전화를 걸고 싶어졌다. 리비아는 전화벨이 울리자마자 전화를 받았지만 아직 잠결이었다.

"깨워서 미안. 하지만 당신 목소리가 듣고 싶어서."

"당신 꿈을 꾸고 있었어요……. 당신이 여기 나와 함께 있었어요."

 몬탈바노도 리비아의 꿈을 꾸고 있었다고 말하려다가 쑥스러워 그만두었다. 그러고는 반대로 이렇게 물었다.

 "우리가 뭘 하고 있었는데?"

 "너무 오랫동안 우리가 하지 않은 것." 그녀가 대답했다.

―

 본서에는 몬탈바노를 제외하고 세 명의 형사밖에 없었다. 다른 사람들은 유산 문제로 여동생에게 총을 쏘고 달아난 사건 때문에 웃기게 주인집에 나가 있었다. 몬탈바노는 취조실 문을 열었다. 두 청소부는 서로 몸을 딱 붙인 채 긴 의자에 앉아 있었다. 푹푹 찌는 무더위에도 불구하고 그들의 얼굴은 창백했다.

 "기다리시죠, 돌아올 테니."

 몬탈바노가 두 사람에게 말했다. 으레 그러려니 한 두 사람은 대답조차 하지 않았다. 누구든, 어떤 이유에서든 법과 관련되면 어쩔 수 없이 일이 길어질 수밖에 없다는 것은 누구나 다 알고 있었다.

 "누가 기자들에게 알렸나?"

 몬탈바노는 부하들에게 물었다. 부하들은 아니라고 머리를 저었다.

 "주의들 하란 말이야. 귀찮은 기자 놈들이 이 사건에 끼어들지 못하도록 해야 해."

그러자 갈루초가 조심스럽게 한 발 앞으로 나오면서 화장실에 가도 되냐고 묻는 것처럼 두 손가락을 들면서 말했다.

"저희 매형한테도요?"

갈루초의 매형은 '텔레비가타'의 기자로 주로 지역의 범죄 관련 기사를 전담하고 있었다. 몬탈바노가 보기에 만약 갈루초가 매형에게 사건에 대해 아무런 언질도 주지 않는다면 가족 간에 불화가 생길 것이 뻔했다. 실제로 갈루초는 뭔가 애원하는 강아지의 눈빛으로 몬탈바노를 바라보고 있었다.

"좋아. 하지만 시체를 옮긴 이후에만 가능하네. 그리고 사진은 절대 허용할 수 없네."

그들은 지알롬바르도를 당직으로 남겨둔 채 순찰차를 타고 사건 현장으로 떠났다. 운전석에는 갈로가 앉았다. 갈루초와 쌍벽을 이루는 그는 '어이, 경위님, 닭장에는 뭐 별다른 일이라도 있소?' 하는 식의 가벼운 놀림의 대상이 되곤 했다. 몬탈바노는 그의 운전 습관을 잘 아는 터라 뭐라 한마디 했다.

"너무 밟지 말라고. 서두를 필요 없으니까."

카르미네 성당을 돌면서 더이상 참지 못한 펩페 갈로가 속도를 내는 순간, 타이어에서 끼익하는 소리가 났다. 갑자기 피스톨에서 총알이 발사되듯 '탕' 하는 큰 소리가 나면서 차는 브레이크가 걸린 채 미끄러지다 멈추었다. 그들은 차에서 내렸다. 우측 뒷바퀴가 펑크가 나 푹 가라앉아 있었다. 예리한 칼에 의해 길게 찢겨 있었다. 찢긴 부분이 선명하게 보였다.

"빌어먹을 자식들 같으니라고!"

몬탈바노는 화가 나서 감정이 폭발하고 말았다. 그는 정말로 화가 났다.

"하지만 새끼들이 보름마다 한 번씩 우리 차의 타이어를 찢어놓는다는 건 모두가 알고 있는 일 아냐! 게다가 매일 아침마다 출발 전에 자동차를 점검하라고 주의를 주지 않았느냔 말이야! 그런데 개뿔은 무슨, 또라이들 같으니라고! 아마 어떤 놈 목이 부러져야지만 정신을 차릴걸!"

―

어찌 되었든 펑크 난 바퀴를 갈아 끼우는 데 10분은 족히 걸렸다. 그들이 만나라에 도착했을 때는 이미 몬텔루사의 과학 수사대가 와 있었다. 그들은 몬탈바노 말대로 하자면 '묵상' 단계에 있었다. 다시 말해 대여섯 명의 요원들이 고개를 약간 숙인 채 통상 주머니에 손을 집어넣고 있거나 뒷짐을 지고서 승용차가 있던 장소에 빙 둘러서 있었다. 그들은 깊은 생각에 잠긴 철학자들처럼 보였지만 실제로는 그와 반대로 단서, 증거, 족적 등을 찾기 위해 눈을 부라린 채 바닥을 샅샅이 훑고 있었다. 과학 수사대 반장인 자코무치가 몬탈바노를 보자마자 그를 향해 달려왔다.

"어째서 기자들이 하나도 없는 거지?"

"내가 알리지 말라고 했어."

"이번에는 기자들이 이런 뉴스거리를 펑크 내게 했다고 자네를 쏠지도 몰라."

자코무치는 분명 흥분해 있었다.

"죽은 자가 누군지 알아?"

"몰라. 누구지?"

"바로 '기사' 실비오 루파렐로야."

"제기랄!"

이것이 몬탈바노가 내뱉은 말 전부였다.

"어떻게 죽었는지 아나?"

"아니, 알고 싶지 않지만 내가 직접 확인할게."

다소 기분이 언짢아진 자코무치는 부하들이 있는 곳으로 돌아갔다. 과학 수사대의 사진사가 일을 끝냈고, 이제 파스쿠아노 박사 차례였다. 몬탈바노는 이 검시관이 불편한 자세로 고생하면서 검시하는 것을 보았다. 그는 자동차 안에 몸을 반쯤 집어넣은 채 사체의 옆얼굴이 어렴풋이 보이는 조수석 쪽으로 다가가려 했다. 파지오와 비가타 서의 형사들은 몬텔루사의 동료들을 돕고 있었다. 몬탈바노는 담뱃불을 붙이고 화학 공장을 바라보기 위해 등을 돌렸다. 폐허가 다된 공장이 그를 매료시켰다. 언젠가 이곳에 다시 와서 스냅 사진을 찍으리라 결심했다. 그는 그것을 리비아에게 보내면 그녀가 아직 이해하지 못하는 자신과 자신의 고향 땅이 지닌 매력을 알 수 있을 것이라고 생각했다.

그때 로 비안코 판사의 차가 도착했다. 차에서 내린 판사는 흥분한 것처럼 보였다.

"루파렐로의 시신이라는 게 정말입니까?"

판사가 묻자 자코무치는 기다렸다는 듯이 바로 대답했다.

"예, 그런 것 같습니다."

판사는 과학수사대 대원들과 합류해 자코무치 그리고 가방에서 소독용 알코올 한 병을 꺼내 손을 소독하고 있던 파스쿠아노 박사와 함께 흥분한 목소리로 이야기를 나누기 시작했다. 몬탈바노가 뜨거운 태양에 몸이 익을 정도로 한동안 햇볕을 쬐고 난 후 과학수사대 대원들은 차를 타고 그곳을 떠났다. 몬탈바노를 지나쳐갔지만 자코무치는 아무 말도 하지 않았다. 몬탈바노 등 뒤로 앰뷸런스의 사이렌 소리가 멀어져갔다. 이제 그의 차례였다. 직접 본인이 나서야 했다. 이제는 어찌 피할 도리가 없었다. 몬탈바노는 햇볕을 쬐면서 느꼈던 나른함을 털어버리고 시신이 들어 있는 자동차로 향했다. 몇 발자국 옮기자 판사가 그를 막아섰다.

"이제 시신을 옮겨도 될 것 같습니다. 저 불쌍한 고인의 명예를 고려해서 서두르는 편이 나을 것 같습니다. 어쨌든 매일 제게 수사 상황을 알려주시기 바랍니다."

판사는 잠깐 말을 멈추고 방금 전에 했던 명령조의 말투를 다소 누그러뜨리려 했다.

"적당한 때 전화해주시면 좋겠군요."

그는 조금 간격을 두고 다시 이렇게 덧붙였다.

"물론 업무 시간에 말입니다. 이 점 분명히 해주셨으면 합니다."

판사가 멀어져갔다. 집에서 쉴 때가 아니라 업무 시간에 전화해 달라는 것이다. 로 비안코 판사가 집에서 엄청 두껍고 제작 비용이 많이 드는 저서의 집필에 전념하고 있다는 것은 잘 알려진 사실이었다. 『마르티누스 2세 왕 시대의 지르젠티 대학 정식 교사인 리날도 로 비안코와 안토니오 로 비안코의 생애와 업적(1402~1409)』이라는 제목의 책이 그것이었다. 판사는 정확하지는 않지만 그들이 자신의 조상이라고 주장하고 있었다.

"어떻게 죽었습니까?"

몬탈바노가 검시관에게 물었다.

"직접 보십시오."

옆으로 비켜서며 파스쿠아노가 대답했다.

몬탈바노는 오븐(구체적으로는 화장로)처럼 보이는 자동차 안으로 머리를 들이밀었다. 그는 시체를 보자마자 곧장 서장을 머릿속에 떠올렸다.

그가 서장을 떠올린 것은 모든 수사 초기마다 상사를 생각하는 버릇 때문이 아니라 단지 그의 친구로 나이 지긋한 경찰서장인 부를란도와 함께 두 사람 모두가 읽은 아리에스(Philippe Ariès)의 『죽음 앞의 인간』에 대해 십여 일 전에 대화를 나누었기 때문이다.

서장은 모든 죽음이, 심지어 가장 비참한 죽음조차도 신성하다고 주장했다. 이에 대해 몬탈바노는 어떤 죽음에서도, 심지어 교황들의 죽음에서도 신성함은 찾아볼 수 없다고 열렬히 반박했었다.

몬탈바노는 서장이 옆에 있어서 자기가 지금 보고 있는 것을 그도 보았으면 했다. '기사' 루파렐로는 늘 몸의 어느 한 곳도 소홀히 여기지 않고 신경 써서 단장하는 우아한 스타일의 신사였다. 그러나 지금은 넥타이도 없이 셔츠는 구겨져 있고, 안경은 비스듬히 걸려 있으며, 깃이 달린 재킷은 반쯤 접혀 올라가 있고, 양말은 간편화를 덮을 정도로 헐렁하게 흘러내려와 있었다. 하지만 몬탈바노가 가장 큰 충격을 받은 것은 무릎까지 벗겨진 바지와 바지 안쪽으로 드러난 흰색의 팬티, 가슴께까지 와이셔츠가 속옷과 함께 말아 올라가 있는 흐트러진 모습이었다.

그리고 몸의 다른 부분의 여윈 모습과는 다르게 털이 무성한 커다란 성기가 외설적으로 음란하게 밖으로 노출되어 있었다.

"도대체 어떻게 죽은 겁니까?"

경위는 차에서 몸을 빼며 검시관에게 다시 물었다.

"뻔한데, 그렇지 않소?"

파스쿠아노가 퉁명스럽게 대답했다. 그는 계속해서 말했다.

"그가 런던의 저명한 심장 전문의에게 심장 수술을 받은 사실을 알고 있지요?"

"아뇨, 몰랐습니다. 수요일 텔레비전에서 보았을 때는 아주 건강해 보였습니다."

"그렇게 보였을 수도 있지만 실제로는 그렇지 않소. 알잖소, 정치판에서는 모든 정치가들이 개라는 것을. 어떤 사람이 더이상 스스로 자기를 방어할 수 없다는 것을 알게 되면 너 나 할 것 없이 물어뜯는 거죠. 분명 런던에서 대체 혈관 두 개를 몸속에 다시 달았을 텐데요. 아주 어려운 수술이라고들 하던데요."

"몬텔루사에서는 누가 그의 주치의였나요?"

"제 동료인 카푸아노였죠. 그는 매주 정밀 검사를 받았습니다. 건강을 아주 소중하게 생각했습니다. 아시다시피 항상 건강한 모습으로 대중에게 비춰지기를 바랐으니까요."

"어떻게 생각하십니까? 한번 카푸아노와 이야기를 해볼까요?"

"그럴 필요 없습니다. 여기서 일어난 일은 명약관화하니까요. 이 가엾은 '기사' 분은 이 부근에서 멋진 성관계를 갖고 싶은 변덕이 들었을 테고, 모르긴 몰라도 매춘부와의 이국적인 성관계를 원했던 게지요. 그렇지요. 그런 다음 실제로 그렇게 했을 게고, 그래서 여기 이런 결과를 남긴 거란 말입니다."

검시관은 순간 몬틸바노의 시선이 밍해진 것을 알아차렸나.

"납득이 가지 않는군요?"

"네."

"왜 그렇죠?"

"솔직히 저도 잘 모르겠어요. 내일 부검 결과를 보내주시겠습니까?"

"내일이라고요? 제정신이오! 루파렐로를 부검하기 전에 외딴 시골 농가에서 강간당하고 열흘 뒤에 개들에게 뜯어 먹힌 채 발견된 스무 살을 갓 넘긴 듯 보이는 젊은 여자 시신을 부검해야 하고, 다음엔 혀와 고환이 잘린 채 나무에 매달려 죽어 있던 포포 그레코를, 그리고 그런 다음엔……."

몬탈바노는 소름끼치는 부검 목록을 중단시켰다.

"파스쿠아노 씨, 우리 분명히 합시다. 그럼 언제 결과를 알려주실 겁니까?"

"내일모레요. 그것도 또다른 시체들을 보려고 시내 여기저기 달려가지 않는다면 말이오."

그들은 인사를 나누었다. 몬탈바노는 경사와 부하들을 불러 각자가 해야 할 일과 언제 앰뷸런스에 시체를 실을 것인가를 지시했다. 그는 갈로에게 본서까지 데려다달라고 했다.

"그러고 나서 다른 사람들을 태우러 다시 오게. 그리고 또 밟았다가는 다리가 성치 못할 줄 알아."

―

피노와 사로는 조서에 서명했다. 조서에는 두 사람이 시체를 발견하기 전후의 모든 행동과 상황이 상세하게 기술되어 있었다. 하지만 두 가지 중요한 사실이 누락되었다. 이 두 환경 미화원은 그것이 무엇인지 경찰이 냄새 맡지 못하도록 주의해서 작성했다. 누락된 두 가지 중 첫번째 사실은 두 사람이 시체를 본 즉시 누구였는지 알아보았던 것이고, 두번째 사실은 서둘러 리초 변호사에게 두 사람이 발견한 것을 알리기 위해 전화했던 것이었다. 어쨌든 피노와 사로는 귀가했다. 피노는 넋이 나간 채로 사로는 목걸이가 든 호주머니를 가끔씩 만져보면서 말이다.

―

적어도 앞으로 24시간 동안은 아무 일도 일어나지 않을 것이다. 오후에 퇴근한 몬탈바노 경위는 집에 들어서자마자 침대에 몸을 던지고 세 시간이나 낮잠을 잤다. 9월 중순의 바다는 마치 거울처럼 잔잔했다. 잠에서 깬 그는 꽤 오랫동안 바다에서 수영을 했다. 집으로 돌아와 성게 살을 넣은 스파게티를 만들고 TV를 켰다. 당연히 모든 지역 방송의 뉴스에서는 루파렐로의 죽음에 대해 떠들고 있었다. 그리고 그를 추모하는 주변 사람들의 말들을 내보냈다. 가끔씩 이런 경우와 딱 들어맞는 표정을 한 정치인이 화면에 등장해 고인의 장점들을 열거하면서 그의 죽음이 기져올 문제들에 관해 이야기하는 게 비추어졌다. 하지만 어떤 방송국도, 심지어 야당 성향의 유일한 TV 채널의 뉴스조차도 고인이 어디서 어떤 식으로 죽었는지에 대해서는 일언반구도 하지 않았다.

3

 사로와 타나는 밤잠을 설쳤다. 가난한 양치기들이 금화가 가득 찬 옛날 항아리에 걸려 넘어졌다거나 온갖 보석으로 뒤덮인 금송아지를 발견했다는 옛이야기에서처럼 사로가 우연히 보석을 발견했다는 것에는 의심할 여지가 없었다. 하지만 문제는 지금의 상황이 옛이야기와는 사뭇 다르다는 것이다. 현대적 스타일로 만들어진 목걸이가 발견되기 전날 버려졌다는 데까지는 의문의 여지가 없었다. 그리고 어림짐작으로 가치를 감정해보더라도 한몫 단단히 쥘 수 있는 기회였다. 그렇다면 누군가 자기 것이라고 나서야 하지 않을까? 그들은 여느 저녁때처럼 텔레비전을 켜놓고 창문을 활짝 열어놓은 작은 식탁에 앉아 있었다. 창문을 열어놓는 이유는 이웃들이 극히 사소한 변화를 보고 시시콜콜한 입담과 험담을 늘어놓는 것을 미리 막기 위해서였다. 타나는 보석상을 하는 시라쿠사 형제들이 가게를 열면 당장 목걸이를 팔러 가겠다는 사로의 의견에 단호하게 반대했다.

"무엇보다……."

타나가 말을 이었다.

"당신과 나는 정직한 사람들이에요. 그러니까 우리 것이 아닌 물건은 팔 수가 없어요."

"그러면 도대체 내가 어떻게 하면 좋겠어? 팀장에게 가서 목걸이를 주웠다고 말하면서 갖다 주고, 주인이 나타나서 목걸이가 자기 것이라고 하면 돌려주기라도 하라는 거야? 그 빌어먹을 자식이 그걸 팔아먹으러 가는 데는 채 십 분도 걸리지 않을걸."

"그럼 이렇게 해요. 이 목걸이를 집에 보관해둔 다음에 팀장에게 말하는 거예요. 그리고 누가 찾으러 오면 그때 되돌려주는 거예요."

"그렇게 해서 우리가 얻는 게 뭔데?"

"일정한 보상이지요. 이런 물건을 발견한 사람에게는 일정 비율로 보상을 하게 되어 있어요. 당신 보기에 이게 얼마나 값이 나갈 것 같아요?"

"한 이천만 리라 정도……."

사로는 대답했지만 자기가 보기에도 너무 큰 액수를 말한 것 같았다.

"그러면 우리에게 이백만 리라가 떨어진다고 가정해봐요. 네네를 치료하기 위해 이백만 리라를 쓴다면 어떻겠어요?"

사로 부부는 동틀 무렵까지 목걸이에 대해 이야기를 나누다가 사로가 고된 노동을 하러 나가야 하는 시간이 되자 중단했다. 그렇지만 한편으로 두 사람은 그들의 정직함에 흠을 내지 않고 처리하는 방식에 대해서는 잠정적으로 동의할 수 있었다. 즉 목걸이에 대해 누구에게도 말하지 않고 보관하고 있으면서 한 주를 보낸 다음 그런 이후에도 아무도 자기 목걸이라고 주장하지 않는다면 저당잡히겠다는 것이었다. 말끔히 차려입고 나갈 채비를 하고서 아들을 보러간 사로는 깜짝 놀랐다. 네네가 깊이 잠들어 있었기 때문이다. 아이는 마치 아버지가 어떤 식으로든 자기 건강을 되찾아줄 방법을 발견했다는 사실을 알기라도 한 양 편안하게 자고 있었던 것이다.

―

피노 역시 그날 밤 잠을 이루지 못했다. 원래 머릿속이 복잡한 그는 뜻은 고상하지만 점점 더 숫자가 줄고 있던 비가타 인근의 아마추어 극단에서 연기를 하기도 했다. 따라서 피노는 대본을 읽었다. 얼마 안 되는 벌이이지만 수입이 생기기가 무섭게 몬텔루사에 있는 유일한 서점으로 달려가 희극과 드라마 대본을 원하는 만큼 구입하곤 했다. 피노는 어머니와 함께 살고 있었는데, 어머니는 연금 수령자였다. 하지만 근근이 먹고사는 것은 실제로는 문제가 되지 않았다. 그의 어머니는 저녁을 먹으면서 당시의 이런저런 상황을 전보다 더 세세하게 캐물으며 시체를 발견한 이야기를 세 번씩이나 하게 했다. 다음 날 성당과 시장에서 친구들에게 시체를 발견한 이야기를 시시콜콜히 늘어놓기 위해서였다. 사건의 진상을 전부 알고 있으며, 그처럼 중요한 일에 관계하게 된 똑똑한 아들을 둔 것을 자랑하면서 말이다. 자정이 가까워서야 마침내 어머니는 잠을 자러 갔고, 얼마 후 피노도 잠자리에 들었다. 하지만 잠을 이룰 수가 없었다. 침대 시트 밑의 뭔가가 잠을 이루지 못하고 몸을 뒤척이게 만들었다. 앞서 말했듯 원래 머릿속이 복잡한 그는, 쓸데없이 두 시간 남짓 눈을 붙여보려고 시도했지만 별 소용이 없다는 것을 알았다. 그는 자리에서 일어나 간단히 씻고 침실 구석에 있는 작은 책상에 앉았다. 피노는 어머니에게 했던 이야기를 혼자 되풀이해보았다. 모든 세부 사항이 맞았고 모든 것이 말이 되었지만 머릿속에서 배경음처럼 윙윙거리는 소리는 여전했다. 그것은 마치 'hot-cold' 맞추기 놀이 같았다. 자신이 말했던 모든 것을 다시 곰곰이 생각해보기 전까지 머릿속에서 웅웅거리는 소리는 'cold, cold'라고 말하는 것 같았다. 따라서 이 괴상한 소리는 어머니에게 이야기하지 않은 어떤 것에서 오는 것이 틀림없었다. 사실 피노는 사로와의 동의하에 몬탈바노에게 털어놓지 않은 몇 가지 사실을 어머니에게도 이야기하지 않았던 것이다. 즉, 시체를 즉각 알아본 것과 리초에게 전화했던 것을 말이다. 생각이 여기에 이르자 윙윙거리는 소리는 아주 크게 들리며 이렇게 외쳤다. 'hot, hot!' 그제야 피노는 종이와 펜을 들고서 변호사와 했던 대화를 그대로 기록했다. 피노는 연극 대본에서처럼 휴지부들까지도 그대로 옮기기위해 기억을 짜내면서 그것을 다시 읽고 일부를 수정했다. 모든 것을 옮겨 적은 다음 피노는 최종적인 초고를 다시 읽었다. 대화에는 무언가 미심쩍은 것이 있었다. 그러나 지금은 시간이 없었다. 출근을 해야 했던 것이다.

아침 열 시경 각각 팔레르모와 카타니아에서 발행되던 두 일간지를 읽고 있던 몬탈바노는 서장의 전화로 신문을 그만 내려놓아야 했다.

"자네에게 감사의 말을 전하라 하더군" 하고 서장이 말을 꺼냈다.

"아, 정말요? 누가 그런 말씀을 하십니까?"

"주교와 우리 장관일세. 테루치 주교는 자네의 기독교적 자비 — 정말 이렇게 말하셨네 — 에 대해 만족해했네. 바로 이렇게 말하더군. 자네가 적극적으로 나서, 뭐랄까, 파렴치한 기자와 사진기자들이 추잡하게 사체의 음란한 모습을 묘사하고 유포하는 것을 막을 수 있었다고 말일세."

"하지만 저는 사망자가 누군지도 모르고 명령을 내린 건데요!

누구라도 그렇게 했을 겁니다."

"나도 알고 있네. 자코무치가 전부 얘기해주었네. 하지만 내가 왜 그 고위 성직자에게 전혀 상관없는 세부 사항까지 일일이 설명해주었겠나? 새삼 주교에게 자네의 기독교적 박애 정신을 일깨워주기 위해서? 그러한 자비는…… 그러니까, 자비를 베푸는 대상의 위치가 높을수록 더 큰 가치가 있는 것이란 말일세, 내 얘기를 알아먹겠나? 주교가 피란델로까지 들먹이더라니까."

"그럴 리가요!"

"아냐, 그랬다네. 그는 『저자를 찾아 나선 여섯 명의 등장인물들』을 언급했어. 어떤 사람이 아주 정직하고 청렴한 삶을 살았는데 일시적인 충동에 의해 저지른 그다지 명예스럽지 못한 행동에 영원히 속박된 상태로 살아갈 수는 없다고 아버지가 말하는 대사 말일세. 다시 말해 일시적으로 바지가 벗겨져 있는 루파렐로의 모습을 후손들에게 남겨줄 수는 없다는 거지."

"그럼 장관은 뭐라고 하던가요?"

"물론 피란델로야 언급하지 않았지. 피란델로 책이 집안 어디에 꽂혀 있는지도 모를 걸. 하지만 아무리 완곡하고 배배 꼬았어도 같은 생각이었지. 루파렐로와 같은 정당 소속이라서 그런지 굳이 한마디 덧붙이더군."

"뭐라고요?"

"신중하라고."

"이 일과 신중한 것과 무슨 관계가 있죠?"

"나도 몰라. 아무튼 그렇게 말하더군."

"시체 부검 소식은요?"

"아직은 없네. 파스쿠아노는 내일까지 시체를 냉동고에 보관하려고 했지만 늦은 오전이나 이른 오후까지는 사인을 검사해달라고 요청했어. 그렇지만 거기서 무슨 새로운 게 나올 것 같지는 않아."

"저도 그렇게 생각합니다."

―

몬탈바노는 다시 신문들을 읽어보았지만 기사 루파렐로의 생애에 대해 이미 그가 알고 있는 것보다 훨씬 더 빈약한 정보들만을 얻을 수 있을 뿐이었다. 신문은 루파렐로의 놀라운 업적과 최근의 죽음을 기사화하고 있었지만 그저 그를 추모하기 위해서일 뿐이었다. 하나의 왕조를 이루고 있는 몬텔루사 건설(할아버지는 구 역사를 설계했고, 아버지는 법원 건물을 설계했다)의 상속자인 젊은 실비오는 밀라노 공과대학을 우수한 성적으로 졸업한 후 가업을 이어받아 번창시키기 위해 고향으로 돌아왔다. 실비오는 매주 일요일마다 미사에 참석할 만큼 독실한 가톨릭 신자로, 정치적으로는 스투르조(Luigi Sturzo, 1871~1959. 이탈리아 가톨릭 민중당 창립자 ― 옮긴이)의 열렬한 추종자인 할아버지의 이상을 따르고 있었다(파시스트 민병대원으로 '로마 진군'에 참여했던 아버지의 행동과 사상에 대해 그는 당연히 침묵으로 일관했다). 그리고 그는 이탈리아 가톨릭 대학생 연맹(FUCI)에도 가입했는데, 이를 통해 개인을 위한 견고한 우정의 연결망을 만들어낼 수 있었다. 그때부터 시위, 기념식, 정치 집회 등 모든 공개 행사에는 실비오 루파렐로가 당의 거물들 옆에 모습을 보였지만 항상 실비오는 애매한 미소를 띤 채 한 발짝 뒤로 물러서 있었다. 마치 자기가 그렇게 선택해서 뒤로 물러나 있는 것이지, 상하 관계에 따른 의전 때문에 그런 것은 아니라고 말하는 것 같았다. 그는 지금까지 여러 차례 지방의회나 국회의원 선거 후보로 공식 지명되었지만 매번 극히 고상한 이유(항상 적절할 때 대중에게 고백했다)를 들어 고사했다. 그리하여 그처럼 아무도 모르게 어두운 곳에서 봉사하려는 겸손한 태도는 모든 진정한 가톨릭 신자의 귀감이라는 인상을 주었다. 이처럼 아무도 모르게 어두운 곳에서 거의 20년간 봉사하던 그는 마침내 예리한 눈으로 이제까지 어두운 곳에서 일하면서 모든 것을 지켜보았던 덕에 날카로워진 감으로 무엇보다 쿠수마노 의원에게서 몇몇 도움을 얻을 수 있었다. 후일에는 상원의원인 포르톨라노와 국회의원인 트리코미도 마찬가지로 수족으로 부리게 되었다(신문에서는 그들을 '형제 같은 친구들', '헌신적인 추종자들'이라고 불렀지만 말이다). 짧은 시간 안에 몬텔루사와 주변 지방의 당 전체가 루파렐로의 손을 거쳤으며, 전체 공적·사적 계약의 약 80%가 그의 입김에 의해 좌우될 정도였다. 심지어 밀라노의 일부 판사들이 주도한 정치적 대변동

(마니풀리테 운동을 가리킨다 — 옮긴이)조차도 — 50년간 권력을 행사해온 정치 계급을 권좌에서 몰아냈지만 — 그를 건드리지 못했다. 오히려 그와 반대로 항상 2선에 머물러 있었기 때문에 이제 밖으로 나와 자신을 드러내고 당의 오랜 동료들의 부패를 비난할 수 있었다. 루파렐로는 1년도 채 되지 않아 개혁의 기수로서 일반 당원들의 환호 속에 주의 당서기가 되었다.

하지만 불행하게도 이 영광스런 자리에 임명된 후 죽는 데까지는 3일밖에 걸리지 않았다. 이에 대해 한 신문은 짓궂은 운명은 그처럼 위대하고 고귀한 인물에게 그가 속한 당이 옛 영광을 되찾는 데 필요한 시간을 허락하지 않았다고 유감을 표시하기도 했다. 생전의 루파렐로를 추모하는 기사에서 두 신문 모두 얼마나 그가 관대하고 자비로운 사람인지 그리고 당파적 편견 없이 어떤 상황에서든 적과 친구에게 한결같이 도움의 손길을 내밀었던 것을 회상했다.

몬탈바노는 1년 전에 지역의 한 TV 프로그램에서 보았던 것을 떠올리고는 소름이 돋았다. 그것은 루파렐로가 조부의 고향인 벨피 시에서 조부의 이름을 딴 고아원의 개원식을 거행하던 모습을 담은 뉴스였다. 스무 명 가량의 어린아이들이 모두 똑같은 옷을 입고서 루파렐로에게 감사의 노래를 부르고 있었는데, 그의 표정에는 감동 어린 모습이 역력했다. 아이들이 부르던 짧은 노랫말들은 경위의 기억 속에 아직까지 또렷이 남아 있었다.

'얼마나 훌륭하신지, 얼마나 멋지신지, 우리 존경하는 루파렐로 님은.'

이 기사의 죽음을 둘러싼 정황을 대충 얼버무린 것 말고도 각 신문은 언제부터인지는 잘 모르겠지만 공적인 것과는 전혀 무관한 일들을 둘러싸고 몇 해 전부터 이 기사가 연루되어 있다고 떠돌던 소문들도 전혀 언급하지 않았다. 입찰 경쟁이 조작되었다거나 수십 억대에 이르는 불법 정치자금이 조성되었으며 개인 소유의 땅이나 재산을 협박해 강탈하기 위해 정치적 압력이 가해졌다는 등의 소문이 떠돌았던 것이다. 그리고 그럴 때마다 리초 변호사의 이름이 항상 튀어나왔는데, 처음에는 루파렐로의 잔심부름꾼으로, 다음에는 오른팔로 그리고 마지막에는 또다른 분신으로까지 거론되었다. 하지만 그것들은 항상 아무런 근거도 없는 헛소문으로 그치고 말았다. 심지어 리초가 루파렐로와 마피아 사이에서 다리 역할을 하고 있다는 말도 있었다. 바로 이처럼 불미스러운 소문과 관련해 경위는 음성적인 돈거래와 검은 돈세탁에 관한 기밀 보고서를 들여다볼 기회가 있었다. 당연히 그것은 의혹일 뿐 그 이상은 아니었다. 왜냐하면 불거진 의혹들을 어떤 식으로는 입증할 기회는 전혀 주어지지 않았기 때문이다. 모든 수사 허가 요청서가 이 '기사'의 아버지가 설계하고 건축한 법원의 미로 안에서 사라져버렸기 때문이다.

몬탈바노는 점심시간에 몬텔루사의 기동대에 전화를 걸어 여 검시관 안나 페라라와의 통화를 요청했다. 안나는 젊은 나이에 결혼한 몬탈바노 경위의 오래된 동창의 딸이었다. 유쾌하고 재기 발랄한 안나는 이따금 괜히 몬탈바노를 떠보곤 했다.

"안나? 네 도움이 필요한데."

"별 말씀을!"

"오늘 오후에 시간 좀 있니?"

"시간을 내보도록 하겠습니다, 경위님. 언제든 당신 뜻대로 하세요, 낮이든 밤이든. 당신이 명령만 하신다면. 아니, 당신이 원하신다면 당신 맘대로."

"그럼, 몬텔루사로 너를 데리러 가지. 집으로, 세 시경에."

"좋아요."

"아, 잠깐만 안나. 옷을 좀 여성스럽게 입고 나왔으면 좋겠다."

"하이힐에 허벅지까지 찢어진 치마면 되겠어요?"

"제복만 아니면 될 거라고 말하고 싶었을 뿐이야."

두번째 경적을 울리자 안나는 정확하게 시간에 맞춰 문밖으로 나왔다. 안나는 블라우스에 치마를 입고 있었다. 그녀는 아무것도 묻지 않고 몬탈바노의 뺨에 입맞춤했다. 자동차가 지방 도로에서 만나라로 이어지는 세 개의 오솔길 중의 하나로 들어서자 안나가 말을 꺼냈다.

"음, 나를 원한다면 당신 집으로 가요. 여기서는 싫어요."

만나라에는 자동차 두세 대 밖에 없었다. 차에 탄 사람들은 분명히 제제 굴로타의 야간 순시와는 별 상관이 없는 자들로, 거의 대부분 학생들이거나 딱히 사랑을 나눌 다른 장소를 찾지 못한 중산층 커플들이었다. 몬탈바노는 작은 길 끝까지 달려가다가 앞바퀴가 모래에 빠져서야 차를 멈추었다. 왼편에는 루파렐로의 BMW가 걸려 있던 커다란 덤불이 있었지만 온 길로는 되돌아갈 수가 없었다.

"그를 발견한 곳이 이곳인가요?"

안나가 물었다.

"그래."

"뭘 찾고 있는데요?"

"나도 몰라. 내리자고."

바닷가를 향해 걷던 몬탈바노는 안나의 허리를 감싸 힘주어 안았다. 안나는 미소를 띠며 그의 어깨에 머리를 기대었다. 이제야 안나는 몬탈바노가 왜 자신을 불러냈는지 알았다. 모든 것이 연극이었다. 두 사람은 만나라에서 단 둘이 있을 방법을 찾는 사랑에 빠진 한 쌍의 연인처럼 보였던 것이다. 그저 평범한 사람들로, 다른 이들의 호기심을 자극시킬 리 없었다.

'이런 멍청이 같으니라고! 내가 자기를 어떻게 생각하는지는 눈곱만큼도 생각하지 않는군.'

안나는 혼자 생각했다.

몬탈바노는 한 지점에서 바다를 등지고 멈춰 섰다. 관목은 앞쪽에, 일직선으로 약 100미터 앞에 있었다. 의심의 여지가 없었다. BMW는 오솔길을 따라 온 것이 아니라 해변 쪽에서 와서 관목 쪽을 향해 돌아서 오래된 공장 쪽으로 자동차 머리를 돌려 차를 세운 것이었다. 즉 국도 쪽에서 오는 자동차라면 꼼짝할 공간이 없기 때문에 필연적으로 정차하기 위해 취하는 위치와는 정반대되는 위치였다. 다시 국도를 타려면 후진해서 오솔길로 다시 들어갈 수밖에 없었다. 몬탈바노는 여전히 안나를 팔로 감싸 안고 고개를 숙인 채 조금 더 걸었다. 하지만 타이어 자국은 찾지 못했다. 바다가 모든 것을 지워버린 것이다.

"그럼 이제 뭘 하죠?"

"먼저 파지오에게 전화하고, 집에 데려다줄게."

"경위님, 당신에게 아주 솔직하게 한 가지만 말해도 될까요?"

"물론이지."

"당신은 멍청이예요."

4

"경위님? 저 파스쿠아노입니다. 도대체 어디를 그렇게 다녀오신 겁니까? 세 시간씩이나 찾았지만 본서에서는 아무것도 모르더군요."

"제게 화나셨어요, 박사님?"

"경위님께요? 세상 전부에게요!"

"박사님께 뭘 요구하던가요?"

"먼저 루파렐로의 부검을 해줄 것을 강요하더군요. 루파렐로가 살아 있던 때와 똑같이 말이죠. 죽어서도 이 남자는 다른 시림들보다 먼저 부검을 받는 특혜를 누려야 하는 겁니까? 아마 공동묘지에서도 맨 앞줄에 자리 잡을 겁니다."

"제게 말씀하려는 것은요?"

"경위님께 보낼 소견서 작성과 관련해 미리 말씀드리려고요. 부검 결과 정말 아무것도 나오지 않았습니다. 고인은 자연사했습니다."

"다시 말하면요?"

"의학 용어를 쓰지 않고 말하면, 심장이 터졌습니다, 말 그대로. 그것 말고는 루파렐로는 건강했습니다, 아시죠? 루파렐로의 심장 박동 기관만이 제대로 기능하지 못했던 거죠. 그것이 그를 끝장낸 것이죠. 의사들이 탁월한 의술로 아무리 살려보려고 시도했지만 말입니다."

"몸에 다른 흔적들은요?"

"무슨?"

"그건, 전 모르죠. 멍이나 주사 자국 같은 것들 말입니다."

"이야기했잖습니까! 아무것도 없다고. 전 바보가 아니라고요, 아시지 않습니까? 그 외에 말씀드릴 것은 루파렐로의 주치의였던 동료 카푸아노에게 부검을 도와줄 것을 부탁했다는 겁니다."

"알리바이를 만들어놓으셨군요, 그렇죠 박사님?"

"뭐라고?!"

"아무것도 아닙니다. 죄송합니다. 루파렐로는 다른 병도 앓고 있었습니까?"

"왜 이야기를 반복하게 합니까? 아무것도 없었다니까요. 단지 혈압이 조금 높았을 뿐입니다. 이뇨제로 치료 중이었는데, 매주 목요일과 일요일 아침 이른 시간에 알약을 하나씩 복용했습니다."

"그러니까 그가 죽은 일요일에도 약을 먹었고요."

"그래서 그게 무슨 관계가 있죠? 제기랄, 그게 도대체 무슨 이야기죠? 누가 이뇨제에 독이라도 넣었단 말입니까? 경위님은 우리가 아직도 호랑이 담배 피던 시절에 살고 있다고 믿는 건가요? 아니면, 시시한 추리 소설이라도 읽기 시작한 것입니까? 만약 루파렐로가 독살당했다면, 내가 알았겠죠. 그렇지 않습니까?"

"루파렐로가 저녁은 먹었던가요?"

"저녁 식사는 하지 않았습니다."

"루파렐로가 몇 시에 죽었는지 말씀해주실 수 있습니까?"

"그런 질문을 하다니…… 미치겠군요. 당신은 경찰관이 몇 시에 범행이 일어났는지 물으면 검시관이 살인범은 대략 36일 전 18시 32분에 일을 마쳤다고 대답하는 식의 미국 영화를 너무 많이 보신 게 틀림없군요. 그렇지 않습니까? 당신 두 눈으로 시체가 아직 경직되어 있지 않았던 것을 보지 않았습니까? 안에 있던 후끈한 열기를 경위님도 느끼지 않았소, 그렇지 않습니까?"

"그래서요?"

"그것은 결국 고인이 발견되기 전날 19시에서 22시 사이에 사망했다는 겁니다."

"다른 건 없습니까?"

"없습니다. 아, 잊고 있었군요. 루파렐로 씨가 죽은 건 사실입니다만 먼저 그걸 하는 데는 성공했습니다, 섹스 말입니다. 아랫도리 부분에 정액이 남아 있었습니다."

―

"서장님? 저 몬탈바노입니다. 파스쿠아노 박사님이 방금 제게 전화했다고 말씀드리려고요. 부검을 했답니다."

"이봐, 몬탈바노, 가만 있어 보게. 이미 다 알고 있네. 2시경에 거기 있던 자코무치가 전화해서 알려주었네. 정말 멋져!"

"죄송하지만 무슨 말씀이신지요?"

"우리의 이 멋진 고장에서 누군가가 제대로 된 자연사의 모범을 보여주기로 결심한다는 것이 멋져 보인다고. 안 그런가? 루파렐로의 죽음과 같은 두세 건의 자연사가 더 있으면 우리 지방은 이탈리아의 나머지 지방들을 따라잡기 시작할 테니 말이야. 로 비안코와 이야기해보았나?"

"아직요."

"바로 하게나. 로 비안코 판사에게 우리 쪽에는 더이상 문제될 것이 없다고 말하게. 가족과 지인들이 원할 때 언제라도 장례식을 치를 수 있다고. 만일 판사의 반대가 없다면 말일세. 그렇지만 그 자는 다른 건 기대하지도 않을 걸세. 이봐, 몬탈바노, 오늘 아침에 자네에게 얘기하는 걸 깜박 잊었는데, 우리 집사람이 기가 막힌 주꾸미 요리법을 만들어냈어. 이번 금요일 저녁 식사를 함께하면 어떻겠나?"

"몬탈바노? 로 비안코입니다. 최근 상황에 대해 알려드리려고 합니다. 오늘 이른 오후에 자코무치 박사님의 전화를 받았습니다."

'재주를 썩이고 있군!' 하고 몬탈바노는 순간 생각했다. '옛날 같았으면 자코무치는 광장을 휘어잡는 입담꾼이었을 거야. 북을 치며 돌아다니는 자들을 이끄는 광고꾼 말이야.'

"자코무치는 부검에서 아무런 의혹이나 의심 가는 점이 발견되지 않았다고 하더군요."

판사는 계속해서 말했다.

"그래서 나는 매장해도 좋다고 허가했소. 이에 대해 아무 이의 없습니까?"

"전혀 없습니다."

"그럼 이번 사건은 종결된 것으로 생각해도 되겠습니까?"

"제게 이틀만 더 시간을 주실 수 있을까요?"

몬탈바노 경위는 들을 수 있었다. 말 그대로 두 귀로 듣고 있었다. 상대방의 머릿속에 돌연 경종이 울리는 것을 말이다.

"왜죠? 몬탈바노, 무슨 문제라도 있습니까?"

"아무것도……. 판사님, 정말 아무것도 아닙니다."

"그런데, 도대체 어째서? 경위님, 솔직히 말하면 지방 검찰청장, 경찰청장, 경찰서장까지도 가능한 한 빨리 사건을 종결시키라고

— 제가 그렇게 하는 데는 별 문제가 없는데요 — 재촉하고 있습니다. 아시다시피 그것은 전혀 불법적인 일이 아닙니다. 가족과 친지들 그리고 그가 속했던 당의 동료들 입장에서는 이처럼 좋지 않은 일을 되도록 빨리 잊고 싶은 게 당연한 바람일 테니까요. 당연한 일이죠. 제 의견으로는 말입니다."

"알겠습니다, 판사님. 하지만 제게 이틀 이상의 시간은 필요 없습니다."

"도대체 왜 그러시죠? 제가 납득할 만한 이유를 말해주시겠소!"

몬탈바노는 빠져나갈 구실이 있는 대답을 찾아냈다. 하지만 차마 자신의 요구가 아무것도 아닌 것, 아니 오히려 바로 그 순간 자기보다 더 빈틈없다는 것을 증명하고 있는 누군가에 의해 기만당하고 있다 — 어떤 식으로 그리고 왜인지는 그도 알지 못했다 — 는 육감 때문에 그렇다는 것을 이야기할 수는 없었다.

"정말 이유를 알고 싶으시면, 그건 사람들의 이목 때문입니다. 저는 사람들이 우리가 사건의 본질을 파헤칠 의도가 없기 때문에 서둘러 사건을 덮는 거라고 수군대는 것을 원치 않습니다. 아시잖아요, 사람들은 쉽게 그런 식으로 생각한다니까요."

"그렇다면, 좋습니다. 경위에게 48시간을 주겠소. 단 1분도 더는 안 됩니다. 상황을 이해하기 바라오."

"제제, 잘 지내시나? 꽃미남! 설마 점심 먹고 졸고 있는 시간에 널 깨웠다면 미안해."

"젠장, 왜 이래!"

"제제, 그게 법을 대표하는 사람에게 할 얘기냐? 특히 너처럼 법 앞에서 바지에 똥 싸는 것밖에 못하는 녀석이 말이야. 젠장이라고 했는데, 니가 40짜리 흑인 녀석과 그걸 한다는 게 사실이야?"

"뭐가 40이라는 거야?"

"거시기 크기 말이야."

"헛소리 마, 뭘 원하는데?"

"너랑 얘기하고 싶어서."

"언제?"

"오늘 저녁 늦게. 시간은 네가 정해라."

"12시에 보자."

"어디서?"

"늘 가는 거기, 푼타세카에서."

"너의 그 탐스런 입술에 입을 맞춘다……. 끊어, 제제."

"몬탈바노 경위? 경찰청장 스콰트리토일세. 로 비안코 판사님이 경위가 저 딱한 루파렐로 사건을 종결하기 전에 24시간인가 48시간인가, 잘 기억나지는 않지만 아무튼 더 요청했다고 전하더군. 친

절하게도 이번 사건에 대해 모든 것을 알려주고 있는 자코무치 박사님이 부검 결과 루파렐로가 자연사했다는 것이 확인되었다고 전해주었네만. 간섭할 생각은 전혀 없지만, 아니 그런 것은 꿈도 꾸지 못할 일이네만, 자네에게 한 가지만 묻겠네. 왜 그런 요청을 하는 게지?"

"청장님, 제 요청은…… 이미 로 비안코 판사님께 말씀드렸지만 청장님께 말씀드린다면…… 이 사건을 투명하게 처리했으면 하는 바람 때문입니다. 경찰에서 사건의 모든 측면을 분명히 밝히지 않고 모든 단서를 적절하게 확인하지 않고 종결시키려 했다는 식의 갖가지 억측과 의구심을 미연에 방지하기 위해서죠. 그게 전부입니다."

경찰청장은 그의 대답에 만족했다. 일부러 몬탈바노가 경찰청장의 어록에 항시 들어가던 두 동사('분명히 밝히다'와 '반복하다')와 '투명하게 처리'라는 명사를 선택한 것이 주효했던 셈이다.

―

"여보세요? 안나예요, 방해해서 미안해요."
"왜 그런 목소리로 말하지? 감기 걸렸니?"
"아뇨, 기동대 사무실에 있는데, 다른 사람들이 제 얘기를 들을까봐요."
"뭔데?"

"자코무치가 우리 반장에게 전화해서는 당신이 루파렐로 사건을 아직 종결시키고 싶어 하지 않는다고 말하더군요. 반장은 당신이 그저 그런 멍청이라더군요. 저도 몇 시간 전에 그렇게 표현했었는데…… 제 생각도 비슷해요."

"그것 때문에 전화한 거야? 확실히 해주어 고맙군."

"경위님, 당신과 헤어지고 여기로 돌아와서 알게 된 또다른 사실을 말해야 할 것 같은데요."

"이봐 안나, 나는 지금 일 때문에 꼼짝달싹할 수가 없어. 내일 얘기해줘."

"시간을 낭비해선 안 되는 일이에요. 당신도 흥미로워할 거고요."

"나는 새벽 한 시 반까지는 정신이 없어. 네가 지금 여기 잠시 들를 수 있으면 좋겠는데."

"지금 당장은 안 돼요. 당신 집으로 새벽 두 시에 갈게요."

"오늘밤에?"

"그래요, 집에 없으면 기다릴게요."

―

"여보세요, 자기? 리비아예요. 사무실로 전화해서 미안해요. 그렇지만……."

"당신 전화라면 언제 어디서든 환영이야. 그런데 무슨 일이야?"

"중요한 건 아니에요. 지금 막 신문에서 자기가 일하는 곳에서 한 정치인이 사망했다는 기사를 읽었어요. 짤막한 기사였는데, 몬탈바노 경위가 사인에 대해 보다 철저한 수사를 하고 있다는데요."

"그래?"

"이 사건 때문에 당신에게 무슨 문제라도 생긴 것은 아닌가요?"

"별로."

"그러니까 아무것도 바뀌지 않은 거죠? 다음 주 토요일에 날 보러 올 거죠? 당신, 나쁜 쪽으로 나를 놀라게 하지는 않을 거죠?"

"예를 들자면?"

"전화를 해서는 더듬거리는 목소리로 수사가 새로운 국면을 맞이했으니 기다려주었으면 좋겠는데, 얼마나 더 걸릴 지 모르니 일을 전부 한 일주일 연기하는 게 좋겠다는 식 말이에요. 그런 일이 어디 한두 번이어야 말이죠."

"걱정 마. 이번엔 어떻게든 갈게."

—

"몬탈바노 경위님? 저는 아르칸젤로 발도비노 신부입니다, 주교님 비서입니다."

"반갑습니다. 말씀하십시오, 신부님."

"고백하건대, 주교님은 이 슬프고 불미스런 루파렐로의 죽음에 대해 더 조사해야 한다는 당신의 이야기를 전해 듣고 경악을 금치 못하고 계십니다. 그 말이 사실입니까?"

몬탈바노는 그렇다고 발도비노에게 확인해주었다. 그리고 발도비노 신부에게 세번째로 자신이 그렇게 하는 이유를 설명했다. 발도비노 신부는 어느 정도 납득하는 것 같았지만 몬탈바노에게 '고약한 억측을 막고 이미 고통을 받고 있는 가족들에게 더이상의 괴로움을 주지 않기 위해' 서둘러줄 것을 부탁했다.

―

"몬탈바노 경위님? 루파렐로라고 합니다."

'지랄하네, 루파렐로는 죽었잖아?'

거의 이렇게 말할 뻔했지만 목 끝까지 차오른 말을 간신히 집어넣었다.

"제가 그의 아들입니다."

상대방은 계속 말을 이었다. 잘 교육받아 공손함이 배어 있는 말투에서는 사투리 흔적이라곤 조금도 찾아볼 수 없었다.

"제 이름은 스테파노입니다. 죄송하지만 부탁드릴 일이 하나 있는데…… 너무 어려운 일이 아닐까 저어되는군요. 어머니 부탁으로 이렇게 전화를 드립니다만……."

"제가 할 수 있는 일이 있다면 어떤 일이든 최선을 다하겠습니다. 말씀해주십시오."

"어머니께서 경위님을 만나고 싶어 하십니다."

"그게 뭐 어려운 일인가요? 저도 언제가 한번 들러서 어머니께 몇 가지 여쭈려 했습니다."

"사실은 어머니께서 경위님을 내일 중 가급적 늦은 시간에 만나기를 바라고 계십니다."

"하느님, 맙소사! 스테파노 씨, 앞으로 며칠 동안 단 일 분도 시간 낼 수가 없습니다, 정말입니다. 당신들도 마찬가지일 것 같은데요."

"걱정하지 마십시오, 십 분이면 됩니다. 내일 오후 다섯 시 정각은 어떻습니까?"

—

"몬탈바노, 기다리게 해서 미안. 내가 어디 있었냐면······."

"······ 똥두간에, 자네 왕국 말이야."

"그만하라고······. 원하는 게 뭐야?"

"자네한테 한 가지 대단히 중요한 사항을 알려주려고 방금 바티칸에서 교황이 나한테 전화했거든. 자네한테 단단히 화가 나 있더라고."

"도대체 무슨 소리야?"

"그렇다니까, 교황은 자신이 루파렐로의 부검 결과에 관해 자네의 보고를 받지 못한 유일한 사람이라고 뿔따구가 나 있던걸. 자기가 홀대받는다고 느껴 자네를 파문할 생각인가봐. 이제 자넨 큰일 났다고."

"몬탈바노, 자네 완전히 돌았군."

"궁금한 게 있는데, 당연히 대답해줄 거지?"

"당연하지."

"자네, 야심 때문인 거야 천성이 원래 그런 거야? 다른 사람 엉덩이를 핥는 거 말야?"

"천성일걸, 아마."

몬탈바노는 솔직한 대답에 놀랐다.

"이봐, 자네들 루파렐로가 입고 있던 옷 검사하는 건 끝냈어? 아무것도 못 찾았어?"

"예상했던 것을 찾았지. 팬티와 바지 위에 있는 정액의 흔적."

"그럼 자동차 안에선?"

"아직 검사 중이지."

"고마워, 하던 일 계속하라고."

"반장님? 낡은 공장 가까운 국도 변에 있는 공중전화 부스에서 전화하는 거예요. 반장님이 시키는 대로요."

"보고하게, 파지오."

"확실히 반장님이 옳았어요. 루파렐로의 BMW는 비가타가 아니라 몬텔루사에서 왔어요."

"확실해?"

"비가타 쪽에서는 해변이 시멘트로 막혀 있어 지나갈 수가 없어요. 날아가지 않는 한 말예요."

"자네, 어떤 길로 왔을지도 찾아냈군?"

"예, 하지만 그건 완전 미친 짓이에요."

"왜? 자세히 설명해보게."

"왜냐하면 몬텔루사에서 비가타 방향으로 남에게 들키지 않고 가기 위해서 선택할 수 있는 길이 수십 개는 있는데, 만나라에 이르기 위해 루파렐로의 차는 말라비틀어진 칸네토 강바닥을 지나야만 했어요."

"칸네토 강이라고? 그건 불가능할텐데!"

"하지만 제가 건넌걸요. 그러니 다른 누군가도 그렇게 할 수 있어요. 완전히 말라 있어요. 문제라면 제 자동차의 완충 장치가 부서진 거 외에는……. 반장님이 공무 수행 차량을 이용하길 원치 않으셔서 제 차를 탔다가 그만……."

"수리비는 내가 물어줄게, 다른 것은?"

"있어요. 칸네토 강바닥에서 나와 해안을 향하면서 BMW의 바퀴 흔적이 남았어요. 즉시 자코무치 박사에게 알린다면 바퀴 모양을 뜰 수 있을 거예요."

"그냥 둬, 자코무치에게는 알리지 말라고."

"분부대로 합죠. 뭐 또 필요하신 건요?"

"없어. 파지오, 바로 본서로 돌아와. 수고했어."

5

하얀 이회토 언덕으로 둘러싸인 고운 모래사장의 자그마한 푼타세카 해변에는 그 시간에 아무도 없었다. 몬탈바노가 도착했을 때 그를 기다리고 있던 제제는 자동차에 기대어 담배를 피우고 있었다.

"어서 오시게, 살보. 잠시 이 상쾌한 밤공기를 만끽하자고."

제제는 몬탈바노에게 말했다.

두 사람은 잠시 아무 말없이 담배만 피웠다. 얼마 후에 제제가 담배를 끄면서 말했다.

"살보, 난 자네가 무엇을 묻고 싶은지 알고 있어. 그래서 만반의 준비를 했지. 그러니까 좋으실 대로 아무것이나 물어보게나. 뛰어넘어도 돼."

이 말에 두 사람은 둘이 함께했던 기억이 떠올라 미소를 지었다.

몬탈바노와 제제는 유치원 때부터 알고 지낸 사이였다. 그곳은 초등학교에 입학하기 전에 다니는 사립 유아학교였다. 학교 선생님은 제제의 누나인 마리안나였는데 제제보다 무려 15살이나 많았다. 살보와 제제는 학교에 그다지 흥미를 느끼지 못했기 때문에 그저 앵무새처럼 수업 시간에 배운 것만 외우고 다시 그대로 반복할 뿐이었다. 하지만 마리안나 선생님은 때때로 그렇게 줄줄 외워대는 것에 만족하지 못했다. 그런 날이면 아이들에게 정리된 내용과 순서에 상관없이 마구잡이로 질문하곤 했다. 그러면 당연히 난문이 될 수밖에 없었다. 대답하기 위해서는 논리적으로 질문의 연결고리들을 먼저 이해한 다음 질문의 내용을 재구성해야 하는데, 그저 외워대기만 했던 몬탈바노와 제제에게는 대답하기 힘든 질문 방법이었던 것이다.

"누님은 어떻게 지내셔?"

몬탈바노가 물었다.

"눈이 안 좋으셔서 바르셀로나에 있는 유명한 안과 전문병원에 모시고 갔는데, 내가 보기에 그들은 기적을 행하는 것 같아. 거기 안과 의사들이 적어도 오른쪽 눈은 어느 정도 시력을 회복시킬 수 있다고 말했거든."

"누님을 만나면, 안부 좀 전해줘."

"그러지, 말한 대로 난 만반의 준비가 되어 있어. 자, 덤벼보라고."

"만나라에서는 몇 명이나 관리하고 있어?"

"다양한 창녀와 호모들 스물여덟 명 정도 거기에 필립포 디 코스모와 마누엘레 로 피파로가 귀찮고 시끄러운 일들이 생기지 않도록 봐주고 있지. 정말 얼마 안 돼. 네가 보기에 꼭 필요한 인원 몇 명이면 충분할 거라 생각하겠지만 얼마든지 엿 먹을 수가 있어."

"그러니까 두 눈 똑바로 뜨고 일하라고."

"물론이지. 넌 내가 언제고 손실을 당할 수 있다는 걸 모를걸? 어찌 알겠어? 싸움질하면서 다칠 수도 있고, 칼을 맞을 수도 있고, 또 약물 과다 복용은 어떻고."

"여전히 가벼운 건 하고는……."

"그래. 대마초, 그리고…… 가끔 마음이 동하면 코카인도. 환경미화원들에게 아침이면 주사기를 딱 하나만 발견하는지 물어보라고. 가서 한번 물어보라니까?"

"어련하겠어."

"그리고 풍기 단속반 반장인 지암발보가 있는데, 그가 끊임없이 날 귀찮게 하고 있지. 내가 복잡하고 귀찮은 일만 벌이지 않는다면, 다시 말해 뭔가 큰 사건으로 골치 아프게 만들지만 않는다면 그냥 넘어가주겠다고 하더군."

"지암발보라면 내가 잘 알지. 지암발보는 네 사업이 만나라에서 분을 닫을까봐 전전긍긍하는 거야. 너와의 부정한 거래로 생기는 수익을 혹 잃지는 않을까 해서 말이야. 그자에게 어떤 대가를 지불하니? 일정액의 월급? 아니면, 약정한 수익의 일부분? 얼마나 주는데?"

제제는 미소를 지었다.

"아예 풍기 단속반으로 부서를 옮겨서 그걸 밝혀보시든가. 그럼 죽일 텐데. 그러면 너처럼 월급만 받고 살면서 엉덩이만 겨우 가리는 천 쪼가리를 걸치고 다니는 불쌍한 사람 하나를 도와줄 수 있을 텐데 말이야."

"칭찬해주어 고마우이. 이제 그날 밤에 대해 얘기 좀 해줘."

"그러니까 열 시인가, 열 시 반쯤이었지. 그날 밤, 일을 하고 있던 밀리가 어떤 자동차 헤드라이트 불빛을 본 것이. 자동차는 바닷가를 돌아 몬텔루사 쪽에서 만나라 쪽으로 빠른 속도로 들어오고 있었어. 밀리는 기절초풍했지."

"밀리가 누구야?"

"밀리의 본명은 주셉피나 라 볼페로, 미스트렛타에서 태어났고 서른 살이야. 재치 넘치는 똑똑한 여자야."

제제는 윗주머니에서 접힌 종이쪽지를 꺼내 몬탈바노에게 내밀었다.

"여기 모든 사람의 실명을 적어놓았어. 그들의 주소도 네가 혹 개인적으로 얘기하고 싶어 할 경우를 대비해서 말이야."

"왜 밀리가 기절초풍한 거지?"

"왜냐하면 그쪽에서는 자동차가 올 수 없었기 때문이야. 차를 망가뜨리고 엉덩이가 거덜이 날 각오를 하고 칸네토 강 쪽으로 내려오지 않고서는 말이야. 처음에 밀리는 지암발보의 기발한 단속 작전인줄 알았대. 기습 단속 말이야. 하지만 곧 풍기 문란 단속일 수는 없다고 생각했지. 기동대 차 한 대로 단속을 하지는 않으니까. 그러자 밀리는 더 겁이 났지. 왜냐하면 만나라에서 나를 없애기 위해 거의 전쟁 수준의 싸움을 벌이고 있는 몬테롯소 놈들일 수도 있다는 생각이 들었거든. 그래서 혹 발생할지 모를 총격전에 대비해 언제든 도망칠 준비를 하려고 자동차를 계속해서 유심히 지켜보았다. 그러자 밀리의 고객이 불평을 하기 시작했지. 하지만 밀리는 승용차가 한 바퀴 돈 다음 가까이에 있는 관목 쪽으로 급진해서는 거의 관목 안으로 들어가서야 멈춘 것을 볼 수 있었어."

"뭐, 특별히 새로운 사실도 아닌데, 제제."

"밀리와 관계를 끝낸 남자는 그녀를 내려놓고는 지방 도로 쪽으로 오던 길을 되돌아가버렸어. 밀리는 왔다 갔다 하면서 또다른 손님을 기다렸지. 밀리가 조금 전에 있던 곳에 카르멘이 자기에게 푹 빠져 있는 한 남자와 함께 도착했는데, 그는 매주 토요일과 일요일 항상 같은 시간에 카르멘을 찾아와 오랜 시간을 보내. 카르멘의 본명은 네게 준 종이에 적혀 있어."

"주소도?"

"응. 손님이 헤드라이트를 끄기 전에 카르멘은 BMW 안에 이미 두 사람이 섹스하고 있는 것을 보았어."

"카르멘이 정확히 뭘 봤는지 말해줬어?"

"응, 몇 분 동안이지만 다 보았대. 카르멘에게는 매우 인상적이었나봐. 보통 만나에서는 그런 고급 승용차를 볼 수 없으니까 말이야. 어쨌든 운전석에 있던 여자가…… 참, 내가 깜박했디! 밀리가 말하기를 운전하고 있던 건 여자였다고 했어. 아무튼 여자가 다시 몸을 돌려서 옆의 남자 다리 위에 올라타고서, 보이지는 않았지만 손을 밑으로 내려 손장난을 하다가 남자의 몸 위에서 오르락내리락하기 시작했다는군. 그런데 너 그걸 어떻게 하는지 잊은 건 아니겠지?"

"아닐걸. 하지만 한번 확인해볼까. 네가 해야 할 이야기를 다 하고 나면 바지를 내리고, 그 아름다운 작은 손을 자동차 트렁크 위에 대고서 엉덩이를 하늘로 쭉 뺀는 거야. 혹 잊은 게 있다면 알려줘. 아무튼 계속해봐. 시간 낭비하지 말고."

"그들이 일을 끝냈을 때 여자는 차 문을 열고 내려서 치마를 고쳐 입고는 다시 문을 닫았대. 남자는 다시 시동을 걸고 출발하는 대신 머리를 뒤로 기댄 채 그대로 있었대. 여자는 카르멘의 차를 스쳐 지나갔는데, 바로 그 순간 다른 자동차의 헤드라이트 불빛이 비치면서 그녀 모습을 분명하게 볼 수 있었다는 거야. 그녀는 매우 아름다운 여성이었다는군. 금발에 우아한 자태며, 왼손에는 어깨에 메는 백을 들고 있었대. 그리고 옛날 공장 쪽을 향해 갔다고 했어."

"또다른 거는?"

"응, 순찰을 돌던 마누엘레가 그 여자가 만나라에서 나와서 지방 도로 쪽으로 가는 것을 보았어. 마누엘레가 보기에 차림새가 만나라 여자는 아닌 것 같아 그 여자를 뒤따라가려고 방향을 틀었다더군. 그런데 그때 어떤 자동차가 오더니 그녀를 태우고 가버렸다는 거야."

"잠깐만 제제. 마누엘레는 그 여자가 누군가 길에서 자기를 태워줄 것을 기다리며 엄지손가락을 들고 서 있던 것을 보았다는 거야?"

"살보, 어떻게 알았지? 넌 정말 타고난 탐정이다."

"왜?"

"왜냐하면 마누엘레가 납득할 수 없는 게 바로 그 점이라고 말하자면 마누엘레는 여자가 어떤 사인도 하는 것을 보지 못했는데도 자동차 한 대가 멈춰 섰다는 거지. 그게 전부가 아니야. 자동차는 제법 빠른 속도로 달려오고 있었지만 마누엘레는 자동차가 그녀를 태우려고 브레이크를 밟았을 때는 이미 차문이 열려 있었다는 인상을 받았다는 거야. 하지만 마누엘레는 번호판을 적어놓을 생각까지는 못한 것 같아. 그럴 만한 이유가 없었으니까."

"좋아, BMW의 그 남자……. 그러니까 루파렐로에 대해서는 뭐 다른 할 말 없어?"

"좀 있지. 안경을 쓰고 재킷을 입고 있었는데, 그 짓을 할 때 지독한 열기로 몸이 달아올랐을 텐데 단 한 번도 안경이나 재킷을 벗지 않았다는 거야. 하지만 밀리 이야기와 카르멘 이야기가 일치하지 않는 점이 하나 있어. 밀리는 자동차가 도착했을 때 그의 목에 넥타이나 검은 손수건 같은 게 둘러져 있었던 것 같다고 했는데, 카르멘은 그를 보았을 때 와이셔츠가 열려 있었던 게 전부라고 주장했거든. 이런 사소한 것이 그다지 중요하게 보이지 않는데 말이야. 어쨌든 그 짓을 하는 중에 거추장스러워서 루파렐로가 넥타이를 풀어버렸을 수도 있겠지."

"넥타이는 풀고 재킷은 벗지 않았다고? 그건 대수롭지 않은 게 아냐, 제제. 왜냐면 승용차 안에서는 어떤 넥타이나 손수건도 발견되지 않았으니까."

"그건 중요치 않아. 여자가 내릴 때 모래 위로 떨어졌을 수도 있으니까."

"자코무치의 부하들이 그곳을 샅샅이 뒤졌지만 아무것도 찾지 못했다고."

몬탈바노와 제제는 입을 다물고 생각에 잠겼다.

"아마 밀리가 본 것을 다른 식으로 설명할 수도 있을 거야."

갑자기 제제가 말했다.

"넥타이나 손수건에 관한 게 아냐. 그 남자는 여전히 안전벨트를 하고 있었어. 너도 알 거야. 그들이 칸네토 강바닥을 지났다는 거. 돌과 나무토막들로 뒤덮인. 그리고 여자가 남자 다리 위에 올라탔을 때 안전벨트를 풀었어. 당연히 벨트는 거추장스러웠을 테니까 말이야."

"그럴 수도 있겠지."

"살보, 이 사건에 대해 내가 알아낸 전부를 네게 말했어. 그리고 나 자신의 이해관계 때문에 네게 말하는 거야. 왜냐하면 루파렐로 같은 거물급 인사가 만나라에 와서 죽었다는 것은 내 사업에도 좋지 않거든. 이제 모든 사람의 시선이 만나라에 집중될 테니 네가 조사를 빨리 끝낼수록 좋겠지. 이틀 정도만 지나면 사람들은 이 사건을 잊어버릴 테고 우리는 모두 다시 조용히 일자리로 돌아갈 테니 말이야. 이제 가도 될까? 이 시간이면 만나라는 교통 체증이 심하거든."

"잠깐만, 넌 이 사건 전체를 어떻게 생각하는데?"

"내 생각? 너 정말 짭새 맞구나. 어쨌든 너를 기분 좋게 하기 위해서라도 뭔가 석연치 않은 구석이 있다고 말해야겠군. 뭔지는 모르지만 구린내가 나. 그 여자가 고급 창녀라고 가정해보자. 외국의 고급 창녀 말이야. 너 설마 루파렐로는 그런 여자를 어디로 데려가야 할지 모른다고 말하려는 건 아니겠지?"

"제제, 너 '변태'가 뭔지 알아?"

"너 나를 떠보는 거야? 난 네가 내 신발에 토하게 할 만큼 아주 놀라운 사실도 말해줄 수도 있어. 네가 말하려는 게 뭔지 알아. 두 사람이 만나라에 왔던 것은 그곳이 다른 어느 곳보다 훨씬 더 에로틱했기 때문이라는 거지. 뭐, 가끔은 실제로 그렇기도 하고. 어느 날 밤엔가 한 판사가 보디가드랑 나타났던 거 알아?"

"정말이야? 그게 누군데?"

"코센티노 판사. 봐, 사람 이름도 말해줄 수 있다니까. 현직에서 쫓겨나기 전날 저녁에 호위하는 차를 타고 만나라에 와서 한 여장 남자를 사서 관계를 했어."

"보디가드는 뭘 했고?"

"보디가드는 바닷가에서 오랫동안 산책을 했지. 그건 그렇고, 다시 하던 얘기로 돌아가서, 코센티노는 자기가 요주의 인물이라는 것을 알자 한번 재미를 보려고 했던 거지. 그런데 루파렐로는 어떤 흥미를 갖고 있던 걸까? 그는 그런 종류의 사람이 아니었는데. 그가 여자를 좋아하는 것은 누구나 알고 있었어. 그렇지만 그는 항상 아주 용의주도했지. 한 번도 겉으로 드러내지 않았으니까. 그런 그가 자신이 가진 모든 것과 자신이 대변하는 모든 것을 여자 한번 자빠뜨리자고 위험에 빠뜨리게 할 정도로 멋진 여자가 있으리라 생각해? 나는 그렇게 생각하지 않아, 살보."

"계속해봐."

"하지만 지금까지 얘기와는 달리 그 여자가 창녀가 아니었다고 가정한다면 전체 상황이 훨씬 더 나빠지지. 그들은 절대로 만나라에 모습을 드러내면 안 되는 사람들이었던 거지. 어쨌든 승용차는 여자가 운전했어. 그것만큼은 확실해. 어느 누구도 창녀가 그런 차를 갖고 있으리라고 생각하는 것은 제쳐두더라도 그 여자는 상당한 수준의 놀랄 만한 사람이어야만 한다고. 무엇보다 먼저 칸네토 강의 내리막길을 별 문제 없이 차를 운전하고 올 수 있어야 했어. 그런 다음 루파렐로가 여자의 아랫도리 사이에서 죽어버리자 마치 아무 일도 아닌 것처럼 차에서 내려서 옷매무새를 다듬고 차 문을 닫고 가버린 거야. 정상으로 보이니?"

"그렇지 않지."

이 시점에서 제제는 웃기 시작하더니 라이터를 켰다.

"왜 그래?"

몬탈바노가 물었다.

"이리 와봐, 이 동성애자야. 얼굴을 가까이 대고."

몬탈바노는 그대로 했고 제제는 그의 눈을 비추었다. 그리곤 라이터 불을 껐다.

"알았다! 법을 수호하는 인간인 너한테 떠오른 생각과 위반 행위를 일삼는 나 같은 인간한테 떠오른 생각이 정확히 일치한다는 거. 네 생각이 나와 일치하는지 보고 싶었을 뿐이야. 그렇지 않아, 살보?"

"그래, 맞았어."

"너와 관련된 것이라면 내가 틀린다는 건 어림없는 얘기지, 내가 누군데……. 이제 가야지, 친구."

"고마워."

몬탈바노는 말했다.

경위가 먼저 떠났지만 잠시 후 제제가 달리는 차 옆으로 다가와 나란히 달리며 경위에게 속도를 늦추라는 제스처를 했다.

"뭐 원하는 거라도 있어?"

"나도 내가 무슨 생각을 하고 있는지 모르겠다. 네게 먼저 말하려고 한 게 있었거든. 오늘 오후 만나라에서 안나 페라라 검시관과 어깨를 나란히 하고 걷던 모습이 정말 보기 좋았던 거 알아?"

그러고는 제제는 자신과 몬탈바노 사이에 안전거리를 유지하면서 속력을 냈고, 한쪽 팔을 들어 경위에게 작별 인사를 했다.

―

집에 돌아온 몬탈바노는 제제가 준 몇 가지 정보를 정리했다. 그러나 이내 잠이 쏟아졌다. 시계를 보니 한 시가 조금 넘었다. 몬탈바노는 곧 잠자리에 들었다. 언제부턴가 계속해서 울려대는 현관 벨소리에 깼다. 그는 눈을 들어 알람 시계를 바라보았다. 두 시 십오 분이었다. 몬탈바노는 간신히 자리에서 일어났다. 그는 한번 잠이 들면 누가 업어 가도 모를 정도로 깊이 잠이 드는 사람이었다.

"어떤 빌어먹을 녀석이야, 이 시간에?"

몬탈바노는 팬티 바람으로 일어나 문을 열었다.

"안녕."

안나가 그에게 인사를 했다.

몬탈바노는 까맣게 잊고 있었다. 안나가 그 시간에 그를 찾아올 거라고 얘기했던 것을. 안나는 그를 똑바로 쳐다보고 있었다.

"보아하니 옷을 제대로 입고 있군요."

그녀는 이렇게 말하면서 안으로 들어왔다.

"할 얘기만 하고 빨리 돌아가주었으면 좋겠어. 피곤해 죽을 지경이야."

몬탈바노는 그녀의 방문이 정말로 귀찮았다. 그는 침실로 가서 바지와 셔츠를 입고 소파 쪽으로 갔다. 안나는 그곳에 없었다. 그녀는 부엌으로 가서 냉장고 문을 열고 프로슈토(생고기를 말린 햄 — 옮긴이)를 넣은 샌드위치를 한입 물고 있었다.

"배고파 죽겠어요."

"먹으면서 말해."

몬탈바노는 나폴리식 커피포트를 스토브에 올려놓았다.

"커피 끓이려고요? 이 시간에? 나중에 다시 잠들 수 있겠어요?"

"안나, 제발 부탁이야."

몬탈바노는 예의를 차릴 수가 없었다.

"좋아요. 오늘 오후에, 우리가 헤어지고 난 뒤 제 동료에게 입수한 정보예요. 경찰 끄나풀에게 들었다고 하네요. 어제부터, 그러니까 화요일 아침부터 어떤 녀석이 보석상, 장물아비들, 합법 전당포와 불법 전당포를 몽땅 둘러보면서 어떤 목걸이를 팔거나 장물로

잡히려고 들어오는 경우, 즉각 알려주지 않으면 가만 두지 않겠다고 경고를 하고 돌아다녔대요. 바로 그 어떤 목걸이가 순금 목걸이에 다이아몬드로 뒤덮인 하트 모양의 펜던트가 달려 있다네요. 보통은 스탄다(이탈리아에서 널리 보급된 대형 쇼핑센터의 이름 — 옮긴이)에서 만 리라면 살 수 있는 그런 물건 같은 거예요. 그런데 문제는 그것이 진짜라는 거예요."

"그럼 그들은 어떻게 그 정보를 알려야 되지? 전화로?"

"농담 말아요. 각자에게 서로 다른 신호를 보내라고 말했대요. — 그런 것까지 내가 어찌 알겠어요. 창가에 녹색 천을 걸라든지, 아니면 신문 쪼가리 같은 것을 앞문에 붙이라고 하든지 하겠죠. 참 교활하죠. 그런 식으로 자신을 드러내지 않고 중요한 정보만 취하려고 하니까요."

"좋아, 그런데……."

"제 말을 끝까지 들어보세요. 그자가 말하고 행동하는 방식을 보고 그가 접근한 사람들은 시키는 대로 하는 것이 신상에 좋다는 결론을 내렸대요. 그리고 우리는 그와 동시에 다른 사람들이 비가타를 포함한 이 지방의 모든 도시를 같은 방법으로 돌아다녔다는 것을 알았죠. 그러니까 그 목걸이를 잃어버린 사람이 누구든 다시 되찾기를 원한다는 거죠."

"별로 나쁘지는 않네. 그런데 왜 너는 내가 그런 정보에 구미가 당길 거라고 생각했지?"

"그건 말이죠…… 그자가 몬텔루사의 한 장물아비에게 목걸이를 일요일 저녁과 월요일 아침 사이에 만나라에서 잃어버린 것 같다는 이야기를 했기 때문이죠. 자, 이 정도면 관심 있어요?"

"어느 정도는."

"알아요, 우연의 일치일 수도 있고 루파렐로의 죽음과는 무관할 수도 있다는 것을."

"어쨌든 고마워. 늦었으니 이제 그만 집으로 돌아가."

커피가 다 끓자 몬탈바노는 한 잔만 따랐고, 안나는 기다렸다는 듯이 이 기회를 이용했다.

"제 커피는요?"

성자와 같은 인내심으로 몬탈바노는 한 잔을 더 따라 그녀 앞에 놓았다. 안나를 좋아하기는 한다. 하지만 그렇다고 그에게 이미 사귀는 여자가 있다는 걸 그녀가 모른다는 것이 가능하단 말인가?

"아뇨."

안나는 갑자기 커피를 마시다 말고 말했다.

"뭐가 아니라는 거지?"

"집에 가기 싫어요. 오늘밤 당신과 함께 있고 싶어요."

"난 싫어."

"대체 왜죠?!"

"네 아빠와 난 절친한 친구야. 이러면 내가 네 아빠에게 잘못하는 거지."

"정말 바보 같은 일이군요!"

"바보 같은 일이지. 하지만 그게 그렇단다. 게다가 난 다른 여자를 사랑해. 너도 잘 알잖아?"

"그 여잔 여기 없잖아요?"

"없지……. 그렇지만 여기 와 있는 것과 똑같은 느낌을 주는 여자야. 바보처럼 굴지 말고, 말도 안 되는 얘기는 하지도 마라. 너는 운이 없었어, 안나. 나같이 정직한 남자랑 어떻게 해보려고 하다니…… 정말 유감이다. 미안하구나."

―

몬탈바노는 잠을 이룰 수가 없었다. 커피가 잠을 방해할 거라는 안나의 경고가 옳았다. 그러나 신경을 건드리는 다른 것이 있었다. 그 목걸이를 만나라에서 잃어버린 것이 사실이라면 분명 제제도 그것에 대해 들었을 것이다. 하지만 제제는 교묘하게 그러한 사실을 이야기하지 않았다. 그것이 별 의미 없는 사실이기 때문에 그렇게 한 것은 아닌 것이 분명했다.

6

잠을 못 이루고 몸을 뒤척이며 밤을 지새운 몬탈바노는 이른 새벽 다섯 시 반이 되어서야 없어진 목걸이에 대해 침묵을 지키고 그날 오후에 만나라에 갔던 것을 놀려댄 제제에게 간접적으로 대가를 치르게 할 요량으로 응분의 계획을 세웠다. 몬탈바노는 한참 동안 샤워를 하고 커피 세 잔을 연달아 마신 뒤 차에 올랐다. 곧이어 그는 라바토에 도착했다. 이 지역은 몬텔루사에서 가장 오래된 구역으로 30년 전에 산사태로 인해 파괴되었다가 지금은 거의 폐허가 된 곳이다. 하지만 엉망진창으로 대충 복구된 몇몇 곳의 다 쓰러져 가는 허름한 집들에서는 튀니지와 모로코의 불법 입국자들이 살고 있었다. 몬탈바노는 좁고 구불구불한 골목길을 따라 산타 크로체 광장을 향해 걸었다. 성당은 폐허 속에서도 손상되지 않은 채 원형 그대로의 모습으로 남아 있었다. 그는 제제가 준 종이를 주머니에서 꺼냈다. 카르멘의 본명은 파트마 벤 갈루드, 튀니지 여자로 48번지에 살고 있었다. 그 집은 다 쓰러져가는 1층의 작은 원룸이었다. 나무로 된 현관문에 난 작은 창문은 환기를 위해 열려 있었다. 몬탈바노가 문을 두드렸다. 아무 대답도 없었다. 더 세게 문을 두드리자 이번에는 잠이 덜 깬 목소리가 들렸다.

"누구세요?"

"경찰이다."

몬탈바노는 잠에서 막 깨어나 거의 무방비 상태나 다름없는 그를 급습함으로써 파트마를 다소 거칠게 혼내주기로 결심했다. 무엇보다 만나라에서 하는 일 때문에 파트마는 몬탈바노보다 잠을 덜 잤을 게 뻔했다. 문이 열렸다. 여자는 한 손을 가슴 언저리에 댄 채 커다란 비치타월로 몸을 감싸면서 말했다.

"뭘 원해?"

"너와 이야기 좀 하고 싶은데."

그녀가 옆으로 물러섰다. 허름한 원룸에는 반쯤 망가진 더블 침대가 하나 놓여 있었고, 두 개의 의자가 딸린 작은 테이블이 있었으며, 조그마한 가스 오븐렌지가 있었다. 그리고 방의 나머지 부분과 세면대와 변기가 있는 화장실을 비닐 커튼으로 구분해주고 있었다. 방 안은 비교적 깨끗하게 정돈되어 있었다. 하지만 그 허름한 원룸에는 그녀의 몸 냄새와 그녀가 사용하는 싸구려 향수 냄새가 진동하고 있었다.

"체류 허가증 좀 보여주겠어?"

두려움 때문이었는지 파트마가 눈을 가리려 손을 들어 올리자 몸을 가리고 있던 타월이 떨어졌다. 긴 다리, 가는 허리, 납작한 배, 탄력 있게 올라간 가슴, 그녀는 텔레비전 광고에 나오는 모델들처럼 완벽한 몸매를 가진 여자였다. 잠시 후 몬탈바노는 파트마가 뭔가를 기다리며 가만히 서 있는 것이 두려움 때문이 아니라는 것을 알았다. 그녀는 남녀 사이에 할 수 있는 가장 분명하고 실질적인 타협에 도달하기 위한 거래를 원하고 있던 것이다.

"옷 입어."

원룸의 한쪽 구석에서 다른 한쪽 구석으로 철사 줄이 걸려 있었다. 파트마가 그쪽으로 몸을 돌리자, 매끈한 어깨와 완벽한 등선, 작고 둥근 엉덩이가 보였다.

'끝내주는 몸매군. 저 정도면 언제나 무사통과였겠군.'

몬탈바노는 생각했다.

몬탈바노는 몇몇 관공서의 닫힌 문 뒤에, 파트마가 '당국들의 관용'을 구하고 있는 문 뒤에 웅큼하게 서 있는 남자들을 상상해 보았다. 몬텔바노도 우연히 몇 차례 신문들에서 읽은 적이 있는 가장 싸구려 형태의 '톨레랑스'를 말이다. 파트마는 알몸을 얇은 면으로 된 옷으로 가리고 몬탈바노 앞에 앉아 있었다.

"그런데...... 체류 허가증은?"

파트마는 고개를 저었다. 그리곤 조용히 울기 시작했다.
"겁먹지 마."
몬탈바노가 말했다.
"겁나지 않아. 난 지지리도 운이 없어."
"왜 그렇지?"
"당신이 며칠 뒤에만 왔어도 나는 여기에 있지 않았을 테니까."
"어딜 가고 싶었는데?"
"펠라에서 온 사람이 있는데, 나한테 푹 빠져 있어. 나도 그를 좋아해. 일요일에는 나와 결혼하겠다고 말했어. 난 그를 믿어."
"매주 토요일과 일요일에 당신을 찾아오는 그자 말인가?"
파트마는 눈이 휘둥그레졌다.
"어떻게 알아?"
그녀가 다시 울기 시작했다.
"하지만 이제 다 끝났어."
"한 가지만 말해봐. 제제 씨가 펠라에서 온 남자와 함께 가도록 놔둔대?"
"아저씨가 제제와 이야기했어. 아저씨가 돈을 낼 거야."
"이것 봐, 아가씨, 처음부터 내가 여기 오지 않았다고 생각하라고. 난 그저 아가씨한테 묻고 싶은 게 하나 있을 뿐이야. 아가씨가 솔직하게 대답만 해준다면 난 뒤도 돌아보지 않고 돌아갈 거야. 그러면 아가씨는 다시 잠을 잘 수 있을 테고."

"뭘 알고 싶은데?"

"그들이 아가씨가 혹 만나라에서 뭔가를 발견했는지 묻지 않았나?"

여자의 눈이 빛났다.

"아, 그래…… 필립포 씨가 왔어. 그는 제제 씨의 부하인데 만일 하트 모양의 다이아몬드가 달린 목걸이를 발견하게 되면 곧바로 자기에게 돌려주어야 한다고 우리 모두에게 말했어. 그리고 아직 발견 못 했다면 꼭 찾아보라는 말도 했어."

"그러면 그 목걸이를 찾았는지 알아?"

"아니, 오늘밤에도 모두가 찾아볼 거야."

"고마워."

몬탈바노가 문가로 가면서 말했다. 그는 현관에 멈추어 몸을 돌려 파트마를 쳐다보며 말했다.

"행운을 빌어."

그러니까 제제는 헛물을 켠 거다. 몬탈바노는 교묘하게 자신에게 입을 다물었던 사실을 어떻게든 알아내는 데 성공한 것이다. 몬탈바노는 파트마가 이제 막 자신에게 말한 사실을 통해 비로소 앞뒤가 맞는 결론을 유추해낼 수 있었다.

―

몬탈바노는 이른 아침 일곱 시경에 본서에 도착했다. 초병이 걱정스럽게 쳐다보았다.

"경위님, 무슨 일 있습니까?"

"아무것도"

몬탈바노는 초병을 안심시켰다.

"그저 일찍 일어났을 뿐이야."

몬탈바노는 시칠리아 섬에서 발행되는 두 종류의 신문을 산 다음 앉아서 읽기 시작했다. 첫번째 신문은 장례와 관련된 내용을 시시콜콜하게 하나하나 설명하면서 다음 날 있을 루파렐로의 장례식에 대해 보도하고 있었다. 대성당에서 거행될 장례식은 주교가 직접 집전할 것이라고 했다. 고인을 애도하고 마지막 인사를 전하려고 많은 저명 인사들이 몰려올 것이 예상되어 특별한 보안 조치가 취해질 것이라는 내용도 실려 있었다. 그들 중에는 적어도 장관이 2명, 차관 급이 4명, 상하원 의원이 18명, 주의 지방 의회 의원단 등이 포함될 것이기에 시의 경찰관, 카라비니에리, 재무경찰들, 교통경찰관 등을 배치할 예정이었다. 개인 경호원들과 이들보다 훨씬 더 사적인 수행원들은 두말할 필요 없이 대거 동원될 텐데 신문은 이들에 대해 일언반구도 하지 않았다. 하지만 그들은 준법을 정점으로 하는 바리케이드의 안쪽에 있는 법 및 질서와 이런저런 관계를 맺고 있는 사람들이었다. 두번째 신문은 먼저 읽었던 신문의 내용과 비슷한 내용의 기사를 반복하고 있었다. 다만 뚜껑이 없는 관이 루파렐로 저택의 로비에 준비되었으며, 끝도 없는 행렬이

고인이 살아생전 열과 성을 다해 이루어놓은 업적을 기리기 위해 늘어서 있다고 덧붙였다.

그러는 사이 파지오 경사가 도착했다. 몬탈바노는 그와 함께 현재 진쟁 중인 몇 가지 수사에 대해 길게 이야기를 나누었다. 몬텔루사에서는 아무 전화도 없었다. 어느덧 정오가 되었다. 경위는 사체 발견과 관련해 두 청소부가 한 증언을 담고 있는 파일을 펼쳤다. 몬탈바노 경위는 그들의 주소를 옮겨 적고 나서 파지오 경사와 형사들에게 오후에 돌아올 것이라 말하곤 자리를 떴다.

제제의 부하들이 목걸이에 대해 창녀들에게 이야기를 했다면 분명 청소부들에게도 뭔가 이야기했을 것이다.

―

그라벳 테라스 28번지에 있는 초인종이 달린 3층집이었다. 나이 든 여인의 목소리가 들렸다.

"피노의 친군데요."

"지금 없어유."

"회사 일이 아직 끝나지 않았나요?"

"끝났지유, 하지만 다른 곳에 갔시유."

"실례지만 문 좀 열어주실 수 있습니까? 피노에게 봉투 하나만 전해주면 되는데요. 몇 층이죠?"

"맨 꼭대기 층이여유."

초라해 보였지만 품위 있는 집이었다. 방이 두 개 있었고, 약간의 공간이 있는 부엌과 화장실이 있었다. 한눈에 집의 크기를 짐작할 수 있었다. 피노의 어머니는 검소한 옷차림을 한 오십 대의 여자였다. 그녀는 몬탈바노를 안내했다.

"피노의 방은 이쪽이여유."

피노의 작은 방은 책과 잡지들로 꽉 차 있었으며, 창가에는 종이들이 흐트러져 있는 작은 테이블이 놓여 있었다.

"피노는 어디 갔죠?"

"라카달리에유. 마르톨리오 극단 오디션을 보러 갔어유. 세례 요한의 목이 잘리는 이야기의 한 배역인데, 피노 그 아이는 아시다시피 연극을 정말 좋아하지유."

몬탈바노는 작은 테이블 가까이 갔다. 피노는 희곡을 쓰고 있던 것이 분명했다. 한 장의 종이 위에 대사가 빼곡히 적혀 있었다. 하지만 그것을 대강 훑어보던 몬탈바노 경위는 이름 하나를 읽는 순간 깜짝 놀라고 말았다.

"아주머니, 물 한 잔 주시겠습니까?"

피노의 어머니가 멀어져가자 몬탈바노는 그 종이를 접어 주머니에 넣었다.

"봉투는요?"

피노의 어머니가 몬탈바노에게 물 잔을 건네면서 갑자기 기억났다는 듯이 물었다.

그러고는 몬탈바노는 완벽한 판토마임 한 편을 연기했다. 만약 피노가 그 자리에 있었더라면 매우 감탄했을 것이다. 몬탈바노는 먼저 바지 주머니를 뒤졌다. 그러더니 이내 급히 겉옷 주머니도 뒤졌다. 그는 놀란 얼굴을 하고서는 마지막 제스처로 이마를 세게 쳤다.

"이런, 머저리 같으니라고! 봉투를 사무실에 두고 오다니! 오 분 정도면 됩니다. 아주머니, 곧 봉투를 갖고 다시 오겠습니다."

―

차 안으로 미끄러지듯 들어간 몬탈바노는 방금 손에 넣은 종이를 꺼내 읽었다. 종이에 적힌 내용이 그의 마음을 무겁게 했다. 몬탈바노는 시동을 걸고 출발했다. 링컨 길 102번지. 사로는 조서에 그렇게 적어놓았으며, 몇 호인지도 기록해놓았다. 몬탈바노는 별로 어렵지 않게 이 토지 측량사 청소부가 6층에 산다는 것을 알아낼 수 있었다. 현관문은 열려 있었지만 엘리베이터는 고장이 나 있었다. 몬탈바노는 6층까지 계단을 따라 걸어 올라가야 했지만 몇 층인지를 알아내서 힘들다는 생각이 들지 않았다. 번쩍거리는 작은 문패에는 '본타페르토 발닷사레'라고 적혀 있었다. 몸이 야윈 젊은 여인이 아이를 안고서 불안한 눈빛으로 문을 열어주러 나왔다.

"사로 있나요?"

"그이는 아들 약을 사러 약국에 갔어요. 하지만 곧 돌아올 거예요."

"왜죠? 아이가 아픈가요?"

여인은 대답 대신 그에게 아이를 보여주려고 팔을 쭉 뻗었다.

아이는 병을 앓고 있었다. 얼굴은 핏기가 없는 데다 양 볼은 푹 꺼졌으며, 그를 바라보는 커다란 눈은 이미 뭔가 다 안다는 눈빛을 하고 있었다. 너무 딱하다는 생각이 들었다. 몬탈바노는 아무 죄 없는 어린아이들이 겪는 고통을 참지 못하는 성격이었다.

"무슨 병을 앓고 있나요?"

"의사들도 잘 모르는 병이에요. 그런데 당신은 누구세요?"

"저는 비르듯조라고 합니다. 스플렌도르 사에서 회계사로 일하고 있죠."

"들어오세요."

여인은 안심이 되었다. 실내가 정돈되어 있지 않은 아파트는 사로의 아내가 집 청소할 틈도 없이 아이를 돌보고 있다는 사실을 너무나 분명하게 보여주고 있었다.

"남편에게 무슨 볼일이 있으신 거죠?"

"제가 잘못해서 지난달 월급 계산을 틀리게 한 것 같아서 말입니다. 사로의 월급봉투를 보고 싶습니다만……."

"그것 때문이라면 남편을 기다릴 필요도 없어요. 제가 봉투를 보여드릴 수 있어요. 이쪽으로 오세요."

몬탈바노는 그녀의 남편이 올 때까지 머물 수 있을 만한 또다른 구실을 준비하며 사로의 아내를 따라갔다. 침실에는 좋지 않은 냄새가 배어 있었다. 상한 우유에서 나는 냄새 같았다. 사로의 아내는 여러 단으로 된 서랍장의 제일 윗 칸을 열려고 했지만 한쪽 팔에는 어린아이를 안고 있어서 한 손만을 써야 했기 때문에 서랍장을 열 수 없었다.

"괜찮다면, 제가 하죠."

그녀가 비켜서자 몬탈바노 경위는 서랍을 열었다. 서랍은 종이와 온갖 계산서, 처방전들과 영수증 따위들로 꽉 차 있었다.

"월급봉투들은 어디 있습니까?"

사로가 침실에 들어선 것은 그때였다. 아파트 현관문이 열려 있었기 때문에 두 사람은 사로가 들어오는 인기척을 느끼지 못했다. 몬탈바노가 서랍을 뒤지고 있는 것을 본 사로는 순간적으로 몬탈바노가 목걸이를 찾기 위해 가택수색을 나온 것이 틀림없다고 확신했다. 사로는 얼굴이 하얗게 질려 덜덜 떨며, 문기둥에 가까스로 기댄 채 힘겹게 입을 뗐다.

"원하는 게 뭡니까?"

남편이 벌벌 떠는 것을 본 사로의 아내는 깜짝 놀라서 몬탈바노가 대답하기도 전에 말했다.

"비르둣조 회계사님이시잖아요!"

그녀는 거의 소리치듯 말했다.

"비르둣조? 이 사람은 몬탈바노 경위님이라고!"

사로의 아내는 비틀거렸고, 몬탈바노는 아이가 엄마와 함께 바닥에 쓰러질까봐 급히 그녀의 몸을 붙잡아 침대에 앉도록 도와주었다. 그러고 나서 몬탈바노는 말했다. 그가 하는 말들은 머리를 거쳐서 나오는 말들이 아니라 바로 입에서 생각 없이 나오는 말들로, 평소에도 종종 그렇게 말하곤 했다. 그리고 언젠가 상상력이 풍부한 한 기자가 이런 현상을 "때때로 우리 경위님을 번뜩이게 하는 직감의 램프"라고 불렀던 적이 있었다.

"목걸이는 어디 두었나?"

사로는 힘이 빠진 두 다리로 간신히 몸을 지탱하고 있다가 침대 옆 테이블 가까이 가서 서랍을 연 다음 신문지로 싼 작은 꾸러미를 꺼내 침대에 던졌다. 몬탈바노는 그것을 집어들고 부엌으로 가 앉아서 꾸러미를 풀었다. 보석은 디자인이나 전체적인 모양에서는 흔해 보였지만 만든 솜씨나 끼워진 다이아몬드의 세공면에서는 세련되었다. 사로가 그를 따라 부엌으로 들어왔다.

"언제 이걸 발견했나?"

"월요일 아침에요, 만나라에서……"

"다른 사람한테 말했나?"

"아니요, 집사람에게만요."

"그럼 혹시 누군가 자네에게 이런 목걸이를 찾았는지 물으러 오지 않았나?"

"네, 필립포 디 코스모가 왔었어요. 제제 굴로타의 꼬붕이요."

"그자에게 뭐라고 말했지?"

"아무것도 못 봤다고 말했어요."

"자네 말을 믿던가?"

"네, 그런 것 같았어요. 그리고 만일 목걸이를 찾으면 서툰 짓 말고 자기한테 바로 가져와야 한다고 말했죠. 그것이 아주 민감한 문제와 관련되어 있다면서요."

"그자가 자네에게 뭔가를 약속했나?"

"네, 만약 그것을 찾았는데 돌려주지 않고 갖고 있으면 초죽음을 면치 못할 거라고 했고요. 반대로 그걸 찾아서 자신에게 돌려주면 오만 리라를 주겠다고 약속했어요."

"이 목걸이를 어떻게 하려고 했나?"

"저당잡히려고 했지요. 저와 타나는 그렇게 하기로 했어요."

"팔려고는 하지 않고?"

"아니요, 우리 것이 아닌걸요. 우리는 그걸 빌린 셈 치기로 했어요. 그걸 팔아서 돈을 벌겠다는 생각은 하지 않았어요."

"우리는 정직한 사람들이에요."

사로의 아내가 부엌에 들어서자마자 눈물을 훔치며 끼어들었다.

"돈은 어디다 쓰려고 했나?"

"우리 아들 병을 고치는 데 써야 해요. 우리는 여기서 먼 곳, 로마든 밀라노든, 아이의 병이 무엇인지 알아낼 수 있는 의사들이 있는 곳이라면 어디든 아이를 데리고 가려고 했어요."

 잠시 동안 세 사람 모두 아무 말도 하지 않았다. 잠시 뒤 몬탈바노가 사로의 아내에게 종이 두 장을 부탁했고, 그녀는 가계부로 쓰던 노트를 두 장 뜯어주었다. 몬탈바노 경위는 두 장의 종이 중 한 장을 사로에게 내밀며 말했다.

 "한번 그려보게나. 자네가 목걸이를 주웠던 정확한 지점을 가르쳐주게. 자네 토지 측량사 맞지, 아닌가?"

 사로가 약도를 그리는 동안 몬탈바노는 다른 종이에 이렇게 썼다.

 서명인 살보 몬탈바노는 비가타(몬텔루사 지방) 경찰서 소속 경위로 사로라 불리는 몬타페르토 발닷사레 씨로부터 오늘 부로 다이아몬드가 박힌 하트 모양의 펜던트가 달린 순금 목걸이를 전달받았음을 이 문서로 확인한다. 이는 사로 씨가 환경 미화원으로서 일하는 '만나라' 구역에서 발견한 것이다. 상기 사실이 진실임을 맹세하며.

 사인을 한 몬탈바노는 하단에 날짜를 적어넣기 전에 잠깐 생각에 잠겼다. 그러고는 이내 다음과 같이 적었다.
 '비가타, 1993년 9월 9일.'

그때 마침 사로도 약도 그리는 것을 끝냈다. 그들은 종이를 서로 바꾸었다.

"완벽해."

몬탈바노 경위는 상세하게 그려진 약도를 살펴보며 말했다.

"그런데 여기 날짜가 잘못됐습니다."

사로가 틀린 곳을 지적했다.

"9일은 지난 월요일이에요. 오늘은 11일이라고요."

"잘못된 건 아무것도 없네. 자네는 목걸이를 발견한 바로 그날 나한테 목걸이를 가져온 거네. 자네들이 죽은 루파렐로를 발견했다고 나한테 신고하러 경찰서에 왔을 때 말일세. 주머니에 그것을 넣어 갖고 있었지만 자네 동료에게 목걸이를 보여주고 싶지 않았기 때문에 자네는 그것을 나중에 내게 준 걸세. 알겠나?"

"경위님이 그렇게 말씀하신다면……."

"이걸 갖고 계세요, 부인. 이 인수증을."

"이제 뭘 하실 거죠, 이이를 체포할 건가요?"

사로의 아내가 끼어들었다.

"왜요? 이 사람이 뭘 했는데요?"

몬탈비노는 일어서며 되물었다.

87

7

산 칼로제로 식당 사람들은 몬탈바노를 진심으로 존경했다. 그것은 몬탈바노가 경위여서가 아니라 음식의 맛과 가치를 아는 멋진 손님이었기 때문이다. 오늘은 몬탈바노 경위에게 맛깔스럽게 튀긴 후 흡수지에 올려 기름기를 뺀 신선한 숭어 요리를 내놓았다. 몬탈바노는 커피를 마시고 동쪽 방파제에서 오랫동안 산책을 한 뒤 사무실로 돌아왔다. 파지오는 경위를 보자마자 자리에서 일어났다.

"경위님, 기다리는 사람이 있습니다."

"누군데?"

"피노 카탈라노라고, 혹시 기억하십니까? 루파렐로의 변사체를 발견했던 두 청소부 중 한 사람 말입니다."

"당장 데려와."

몬탈바노는 피노가 신경이 곤두서 있고 긴장하고 있다는 것을 곧장 알아차렸다.

"앉게."

피노는 의자의 맨 가장자리에 걸터앉았다.

"우리 집에 와서 왜 그런 연극을 했는지 좀 알 수 있을까요? 저는 감출 게 아무것도 없거든요."

"난 자네 어머니를 놀라게 하지 않으려고 연극을 했을 뿐이네. 내가 만일 경위라고 말했다면, 자네 어머니는 심장마비를 일으켰을 걸세."

"그런 거였다면…… 고맙습니다."

"자네를 찾는 사람이 나라는 걸 어떻게 알았지?"

"어머니가 좀 어떠신지 걱정되어 전화를 했죠. 머리가 아프다고 하시는 어머니를 집에 두고 나왔거든요. 그러자 어머니께서 어떤 남자가 제게 봉투를 하나 건네주러 왔는데, 봉투를 잊고 왔다고 하면서 봉투를 가지고 다시 온다고 하고서는 오지 않았다고 하시더군요. 저는 궁금해서 어머니께 그 사람 인상착의를 설명해달라고 했죠. 만약 경위님이 다른 사람으로 보이고 싶으시면 왼쪽 눈 밑에 있는 검정 사마귀를 없애야만 할 겁니다. 그런데 제게 뭘 원하시는 거죠?"

"뭐 하나 물어봄세. 자네가 목걸이를 발견했는지 물어보러 누군가 만나라에 왔었나?"

89

"그렇고말고요. 경위님이 알고 있는 사람이죠. 필립포 디 코스모요."

"자네는 뭐라 대답했나?"

"목걸이를 찾지 못했다고 했죠. 사실이니까요."

"그자가 뭐라던가?"

"그는 제가 목걸이를 찾고 자기에게 알려주면 형님 좋고 아우 좋다는 식으로 제게 오만 리라를 주겠다고 했어요. 하지만 반대로 그것을 찾았는데 돌려주지 않는다면 그만큼의 대가를 치르게 될 것이라고 말했죠. 사로에게 말했던 그대로요. 사로도 목걸이를 찾지 못했지만요."

"여기 오기 전에 집에 들렀었나?"

"아니요. 이리로 곧장 왔어요."

"자네, 연극 대본 같은 걸 쓰나?"

"그렇진 않지만 연기를 하는 것은 좋아하죠."

"그럼, 이건 뭔가?"

경위는 피노의 책상에서 가져온 종이를 내밀었다. 피노는 대수롭지 않게 종이를 쳐다보고, 살짝 미소를 지었다.

"아닙니다, 이건 연극의 장면이 아니라, 이건……."

피노는 당황해하며 말을 멈추었다. 그것들을 연극의 대사를 위해 쓴 것이 아니라면 무엇 때문에 쓴 것인지 사실대로 이야기해야만 한다는 생각이 들었다. 그러나 그것 역시 쉽지 않았다.

"내가 도와줘야겠군."

몬탈바노가 말했다.

"이것은 루파렐로의 시체를 발견하자마자 자네들 중 한 명이 경찰서에 신고하러 오기 전에 전화상으로 리초 변호사와 이야기했던 내용을 적어놓은 거야. 그렇지 않나?"

"네, 그렇습니다."

"누가 전화했지?"

"제가요. 그렇지만 사로가 제 곁에 바짝 붙어서 듣고 있었어요."

"왜 리초 변호사에게 전화를 한 거지?"

"루파렐로는 중요 인물이니까요. 그러니까 거물이라는 얘기죠. 그래서 즉각 변호사님께 알려야겠다고 생각했죠. 아니 오히려 처음에는 쿠수마노 의원님께 전화하려고 했어요."

"왜 그렇게 하지 않았나?"

"루파렐로가 죽은 이상 쿠수마노는 한 번의 지진으로 집뿐만 아니라 마루 밑에 감추어두었던 돈까지 잃은 사람과 같았기 때문이죠."

"왜 리초에게 전화를 했는지 좀더 알아먹기 쉽게 설명해보게."

"리초 변호사는 여선히 무언가를 할 수 있는 능력이 있으니까요."

"무엇을 말인가?"

피노는 뭐라 대답해야 좋을지 몰랐다. 그는 언신 땀을 흘리며 혀로 마른 입술을 적셨다.

"내가 한번 이야기해보지. 자네는 리초가 여전히 무언가를 할 수 있는 능력이 있다고 말했어. 그 무언가란 만나라에서 차를 옮긴다거나 하는 조치를 취해서 시체가 다른 지역에서 발견되도록 하는 것과 같은 것인가? 리초가 자네들에게 그렇게 하라고 시킬 거라고 생각했단 말인가?"

"그렇습니다."

"그러면 자네들은 그렇게 하려고 했나?"

"물론이죠! 그래서 일부러 리초 변호사에게 전화한 것이죠!"

"그 대가로 무엇을 바랐지?"

"그가 혹시나 다른 일자리를 알아봐주거나, 아니면 토지 측량 기사 시험에서 합격시켜주거나, 그도 아니면 적당한 자리를 만들어주어서 악취 나는 이 청소부 직업에서 우리를 구해줄 것이라고 기대했죠. 경위님, 경위님도 그런 사정을 잘 알고 계시지 않습니까? 누구든 순풍을 만나지 못하면 험한 바다에서 항해할 수 없다는 것을요."

"가장 중요한 사실을 설명해보게. 자네는 왜 리초와 한 대화를 그대로 옮겨 적었지? 그걸로 리초를 협박하려고 했나?"

"어떻게요? 그 단어들로요? 말이란 공기 같은 겁니다."

"그럼 무슨 목적으로?"

"절 믿고 안 믿고는 경위님 마음이지만, 리초 변호사와의 전화

내용을 적은 것은 그것을 하나하나 다져보기 위해서였습니다. 도무지 납득이 가지 않아서 말이죠. 아무튼 저처럼 연극을 하는 사람 귀에는 그랬습니다."

"무슨 말인지 모르겠는걸."

"여기 쓰여 있는 것을 연기한다고 생각해보자고요, 네? 자, 피노라는 인물인 저는 이른 아침에 리초라는 인물에게 전화를 해서 그가 개인 비서로 일하고 있으며, 헌신적인 친구이자 정치 동료인 보스의 변사체를 발견했다고 말하는 거예요. 친형제보다 더 가까운 사람의 시체를요. 그러자 리초라는 인물은 목이 잘려나간 닭의 사지 마냥 차가운 목소리로 조금도 동요하지 않고 우리가 어디서 시체를 발견했는지, 그가 어찌 죽었는지, 저격당했는지, 자동차 사고로 죽었는지, 아무것도 묻지 않는 거예요. 정말 아무것도……. 단지 사람도 많은데 하필이면 왜 자기에게 알리려고 했는지만 물었죠. 경위님이 보기에는 이게 말이나 되는 소리입니까?"

"아니. 계속해보게."

"리초 변호사는 놀라지 않았죠. 그래요…… 오히려 자기와 죽은 사람 사이에 거리를 두려고 했죠. 마치 잠시 알던 사람의 일인 양……. 그리곤 곧바로 우리 할 일이나 하러 가라고 했어요. 그러니까 경찰에 알리는 일 말입니다. 그러고는 전화를 끊었습니다. 그러니까 경위님, 연극의 줄거리라면 영 꽝인 거예요. 관객들은 웃기 시작할 겁니다. 구성이 엉망이니까요."

몬탈바노는 쪽지는 두고 피노를 돌아가게 했다. 청소부가 가고 나자 그는 쪽지를 다시 읽었다.

구성은 엉망이 아니었다. 너무나 훌륭하게 짜인 각본이었다. 그리 막연하지 않은 다음과 같은 가정이 붙는다면 말이다. 리초는 전화를 받기 전에 이미 루파렐로가 어디서 어떻게 죽었는지 알고 있었고, 가능한 빨리 시체가 발견되기를 간절히 바랐다는 가정이 붙는다면 말이다.

―

자코무치는 눈이 휘둥그레져서 몬탈바노를 쳐다보았다. 평소와 달리 경위가 완벽하게 정장을 하고 나타났기 때문이다. 몬탈바노 경위는 어두운 청색 슈트에 흰 와이셔츠를 받쳐 입고 와인 색 넥타이를 매고는 번쩍번쩍 광택이 나는 검정 구두를 신고 있었다.

"하느님 맙소사! 자네 결혼이라도 하러 가는 거야?"

"자네들 루파렐로의 승용차 검사는 끝냈나? 안에서 뭘 찾은 건 없나?"

"내부엔 아무것도 건질 게 없었어. 그런데……."

"완충장치가 파괴되어 있었다……."

"그걸 어떻게 알았지?"

"내 끄나풀이 알려줬지. 들어보게, 자코무치."

몬탈바노는 주머니에서 목걸이를 꺼내 자코무치 앞에 있는 테이블 위에 던졌다. 자코무치는 목걸이를 집어 자세히 살펴보더니 놀랍다는 몸짓을 했다.

"이거 진짜잖아! 수천만 리라는 족히 나가겠는걸! 누가 훔친 건가?"

"아니, 누가 만나라에서 발견해서는 내게 가져온 걸세."

"만나라에서? 어떤 창녀가 이런 보석을 걸치고 다닐 수 있겠나? 자네 농담하는 거 아냐?"

"자네는 그걸 조사해서 사진을 찍고, 그러니까 통상 하던 대로 모든 것을 살펴봐주게. 그리고 가능한 한 빨리 나한테 검사 결과를 알려주라고."

전화벨이 울렸다. 전화를 받은 자코무치는 동료인 몬탈바노 경위에게 수화기를 넘겼다.

"누구시죠?"

"파지오입니다. 반장님, 곧장 돌아오십시오. 여긴 난리도 아니에요."

"무슨 일인지 말해봐."

"콘티노 선생이 사람들을 향해 총을 쏘기 시작했어요."

"총을 쏘다니?"

"총을 쏜다는 게, 그러니까 말 그대로 총을 쏜다니까요. 아무도 알아들을 수 없는 말을 하면서 자기 집 발코니에서 아래 바에 앉아 있던 사람들에게 두 발을 쐈습니다. 세번째는 무슨 일이 있는지 일

아보려고 콘티노 선생 집 대문으로 들어서던 제게 쏘았고요."

"다치거나 죽은 사람은?"

"없어요. 데 프란체스코라는 사람이 팔에 총알이 스쳐 가벼운 부상을 입었을 뿐이에요."

"알았어, 곧 가지."

 10킬로미터 떨어진 비가타로 마구 달리는 동안 몬탈바노는 콘티노 선생에 대해 생각했다. 몬탈바노는 콘티노 선생을 알고 있을 뿐만 아니라 둘 사이에는 한 가지 비밀이 있었다. 몬탈바노 경위는 일주일에 두세 번 동쪽 방파제를 따라 등대까지 산책을 하곤 하는데, 6개월 전 어느 날에도 늘 하던 대로 산책하고 있었다. 출발하기 전에 항상 안셀모 그레코 상점에 들렀다. 이 상점은 주변의 의류점들이나 거울처럼 반짝반짝 빛나는 화려한 바들과는 전혀 어울리지 않는 허름한 가게였다. 안셀모 그레코 상점은 테라코타 꼭두각시 인형들이나 19세기 저울에 사용하던 녹슨 분동(分銅) 등과 같이 이제는 사용하지 않는 골동품들 말고도 볶은 잠두콩, 이집트콩, 땅콩 등과 소금을 친 호박씨를 함께 팔았다. 몬탈바노는 이 상점에서 군것질거리를 한 봉지 가득 산 다음 산책을 나서곤 했다. 그날 몬탈바노는 코스의 끝 등대 바로 아래까지 갔다가 되돌아가고 있었다. 그때 나이 지긋한 한 남자가 몸을 적시는 거친 파도에

도 아랑곳하지 않고서 시멘트 방파제 위에 앉아 고개를 떨군 채 꼼짝 않고 있는 것을 보았다. 몬탈바노는 노인이 낚싯줄을 잡고 있는 것은 아닌지 좀더 자세히 살펴보았지만 노인은 아무것도 하고 있지 않았다. 노인은 갑자기 일어서더니 재빨리 성호를 긋고는 바위 끝에 섰다.

"멈추세요!"

몬탈바노가 소리쳤다.

노인은 깜짝 놀라 꼼짝하지 않고 멈추었다. 근처에 아무도 없다고 생각했던 모양이었다. 몬탈바노는 몇 걸음을 껑충 뛰어 그에게 다가섰다. 노인이 다시 바닷물 쪽으로 돌아설까봐 노인의 재킷을 움켜잡고는 안전한 곳으로 데리고 갔다.

"대체 뭘 하시려던 겁니까? 자살하려고 하셨나요?"

"그렇소……."

"대체 왜죠?"

"아내가 나를 배신했기 때문이오."

전혀 뜻밖의 이유였다. 노인은 족히 여든 살은 넘어 보였다.

"부인은 연세가 어떻게 되시죠?"

"여든. 난 여든두 살이고."

정말 어처구니없는 상황에서 나누는 어처구니없는 대화였고, 몬탈바노 경위는 대화를 계속하고 싶지 않았다. 몬탈바노는 노인을 부축해 마을로 향했다. 그런데 그때 그 모든 것을 한층 더 기막히

게 만든 것은 노인의 자기소개였다.

"괜찮겠나? 나는 죠수에 콘티노일세. 초등학교 선생을 지냈지. 그런데 댁은 누구신가? 물론 맘이 내키면 소개를 하고 그렇지 않으면 말게."

"저는 살보 몬탈바노입니다. 비가타 경찰서 소속 경위죠."

"아, 그렇소? 그렇다면 정말 딱 맞는 때에 오셨군. 저 빌어먹을 창녀 같은 우리 마누라에게 자네가 가서 더이상 아가티노 데 프란체스코랑 바람피우지 않는 것이 좋을 거라고 이야기 좀 해주게. 안 그러면 어느 날이고 내가 무슨 짓이라도 저지르고 말 테니까."

"그런데 데 프란체스코라는 분은 누구예요?"

"예전엔 우체부였지. 나보다 더 젊네. 76살로 나보다 연금도 한 배 반이나 더 받아."

"선생님이 말씀하시는 게 사실인가요, 아니면 그저 의심에 불과한 건가요?"

"확실하네, 추호도 의심할 바 없는 진실일세. 하늘이 맑든 비가 오든 이 데 프란체스코라는 작자는 오후마다 내 집 바로 밑에 있는 바에 커피를 마시러 온다네."

"그래서요?"

"댁은 커피 한 잔 마시는 데 얼마나 걸리나?"

잠시 몬탈바노는 그 늙은 선생의 조용한 광기를 함께했다.

"경우에 따라 다르죠. 만약 서서 마신다면……."

"서서는 무슨? 앉아서 말일세!"

"그러니까, 약속이 있어서 누군가를 기다리느냐, 아니면 시간을 그냥 보내는 거냐에 따라 차이가 있겠죠"

"아닐세, 이보게나. 그 작자는 그저 거기서 자기를 바라보고 있는 우리 마누라를 쳐다보기 위해 앉아 있는 걸세. 그리고 둘은 그런 기회를 놓치지 않지."

이야기를 나누는 사이 두 사람은 마을에 도착했다.

"선생님, 어디 사세요?"

"이 길 끝, 단테 광장에."

"뒷길로 가시죠, 그게 낫겠어요"

몬탈바노는 비가타 사람들이 물에 빠져 추위에 떨고 있는 노인에게 가질 호기심과 던질 온갖 질문들을 피하기 위해 길을 돌아갈 것을 권했다.

"경위님도 나와 함께 올라가시겠소? 커피 한잔하시게?"

선생은 주머니에서 대문 열쇠를 꺼내며 몬탈바노를 떠보았다.

"고맙습니다만 사양하겠습니다. 옷을 갈아입고 몸을 좀 말리세요, 선생님."

그날 밤 몬탈비노 경위는 선식 우체부였던 데 프란체스코를 만나러 갔다. 그는 체구가 작고 호감이 가지 않는 사람이었다. 데 프란체스코는 몬탈바노의 충고에 귀에 거슬리는 목소리로 딱딱하게 굴었다.

"난 내가 가고 싶고 또 좋아하는 장소로 커피를 마시러 간다고! 뭐라고, 그놈의 앞뒤 꽉 막힌 콘티노 집 밑에 있는 바에 가는 것이 불법이라고? 자네, 어이가 없군 그래. 법을 대표해야 할 사람이 나한테 이런 얘기나 하러 오다니!"

―

"상황 종료입니다."

단테 광장에 있는 집 대문 근처에 무슨 일인가 하고 궁금해 몰려드는 사람들을 가까이 오지 못하도록 막고 있던 도시 방범 경찰 한 사람이 몬탈바노에게 말했다. 문 앞에는 낙담한 채 팔을 벌리고 있는 파지오 경사가 있었다. 방들은 완벽하게 정돈되어 있었고 거울처럼 깨끗했다.

콘티노 선생은 안락의자에 누운 채 죽어 있었다. 심장 근처에 작은 핏자국이 있었다. 리볼버 권총이 안락의자 옆의 마루 위에 떨어져 있었다. 아주 낡은 스미스 앤 웨슨 오연발 총이었다. 적어도 버펄로 빌 시대로 거슬러 올라가야만 볼 수 있을 만한 것이었음에도 불구하고 불행하게도 권총 본연의 기능을 수행했던 것이다. 그의 부인은 침대에 누워 있었다. 그녀 또한 심장 근처에 핏자국이 있었으며 손은 묵주를 움켜쥐고 있었다. 남편이 자신을 죽이기 전에 기도를 한 것 같았다. 다시 한 번 몬탈바노는 경찰 서장을 생각했다. 이번에는 서장이 옳았다. 왜냐하면 여기서는 죽음이 존엄성을 되찾고 있었기 때문이다.

신경이 곤두서고 심란해진 몬탈바노는 파지오 경사에게 이런저런 지시를 하고 판사를 기다리라고 한 다음 그곳을 떠났다. 몬탈바노는 갑자기 우울해지면서 묘한 회한의 마음까지 들었다. 만약 좀 더 현명하게 콘티노 선생 문제를 처리했더라면? 콘티노 선생의 친구들과 주치의에게 제때 알렸더라면?

―

몬탈바노는 선창과 좋아하는 동쪽 제방을 따라 오랫동안 걸었다. 다소 마음을 가라앉힌 몬탈바노가 사무실로 돌아왔을 때, 파지오 경사는 거의 정신이 나가 있었다.

"무슨 일이야, 무슨 일이 벌어진 거야? 판사가 아직도 오지 않은 거야?"

"아뇨 판사님은 왔고, 이미 시체들을 옮겨갔어요."

"그런데 자넨 왜 그래?"

"마을 사람 절반이 총을 쏘고 있던 콘티노 선생을 보고 있는 동안 어떤 망할 놈들이 그 틈을 타서 아파트 두 채를 샅샅이 털었다는 보고를 받았습니다. 이미 수사관 네 명을 그쪽으로 보냈어요. 저도 가볼까 하고 반장님을 기다리고 있었습니다."

"좋아, 가봐. 여긴 내가 남아 있을 테니까."

―

 몬탈바노 경위는 비장의 무기를 꺼낼 순간이 왔다고 결정했다. 그가 머릿속에 구상하고 있던 미끼를 놓아 반드시 걸려들게끔 해야만 했다. 그는 전화기를 들었다.

 "자코무치?"

 "이런, 젠장! 왜 이렇게 서둘러? 아직 그들은 자네 목걸이에 대해 일언반구도 없다고. 아직 너무 빨라."

 "자네가 아직 나한테 이야기할 것이 아무것도 없다는 건 나도 잘 알아, 잘 안다고."

 "그럼 뭘 원하는 거야?"

 "최대한 신중을 기하라는 거지. 그 목걸이와 관련된 뒷이야기는 겉으로 보이는 것처럼 그렇게 단순하지가 않아. 예상치 못한 사건의 전개로 이어질 수도 있단 말이지."

 "지금 나를 모욕하고 있는 거야 뭐야! 자네가 어떤 것에 대해 말하지 말라면 하늘이 무너지는 한이 있어도 난 절대로 말하지 않을 거야!"

―

 "스테파노 씨? 오늘 가지 못해서 정말 죄송합니다. 정말이지 갈 수 없는 상황에 처해 있었습니다. 정말입니다. 어머님께 죄송하다고 전해주십시오"

"잠시만요, 경위님."

몬탈바노는 참을성 있게 기다렸다.

"경위님? 어머니께서 경위님께 내일 같은 시간은 괜찮겠냐고 하시는군요."

몬탈바노 경위는 그 시간이라면 다른 약속이 없기에 약속 시간을 정했다.

8

녹초가 된 몬탈바노는 곧장 잠자리에 들 생각으로 집에 돌아왔지만 잠자리에 들기 전에 거의 기계적으로 텔레비전을 켰다. 이는 일종의 기벽 같은 거였다. '텔레비가타'의 앵커는 몇 시간 전에 밀렛타 근교에서 시시한 마피아들 사이에 발생한 충격 사건을 비롯해 그날 일어난 사건에 대해 이야기한 다음 루파렐로가 소속된 정당(이제는 소속되었던 정당이겠지만)의 지방 사무총장단이 몬텔루사에서 회합을 가졌다고 보도했다. 고인에게 적절한 존경을 표하기 위한 상당히 이례적인 모임이었다. 지금처럼 혼란스런 시기가 아니라면 통상 최소한 고인의 사후 30일이 지난 후에야 이런 모임이 소집되는 것이 정상이었다. 하지만 현재와 같은 혼란스런 정치적 상황에서는 보다 분명하고 신속한 결정들이 요구되었다. 그리하여 이 회합에서 몬텔루사 병원의 뇌 해부학과 과장인 안젤로 카르다모네 박사가 만장일치로 지방 사무총장으로 선출되었다. 그는 당내에서 정직하고 용감하게 항상 루파렐로와 대립해온 사람이었다. 이러한 의견 대립 — 앵커는 이렇게 계속해나갔다 — 은 다음과 같은 말로 간단히 요약될 수 있다. 다시 말해 루파렐로는 구태에 물들지 않는(즉 검찰로부터 아직 소환장을 발부받지 않은) 신선한 신진 세력을 도입하는 동시에 4당 연립정부를 유지하려는 기조를 내걸었다. 반면 카르다모네 박사는 신중하고 조심스러웠지만 좌파와의 대화를 선호했다. 신임 사무총장은 각지에서 답지한 축하 전화와 전보를 받고 있었다. 그중에는 야당에서 보낸 것도 있었다. 인터뷰에 응한 카르다모네 박사는 다소 상기된 표정이었지만 단호한 모습으로 선임자에 대한 좋은 기억에 누가 되지 않도록 최선을 다할 것을 다짐하며, 혁신된 당에 '온 힘을 다해 헌신하고 전문 지식도 보태겠다'는 말로 인사를 마무리했다.

"당에 온 힘을 다해 헌신하겠다니 정말 다행이군."

몬탈바노는 한마디 할 수밖에 없었다. 외과적으로 말하자면, 카르다모네의 전문 지식은 통상 강진(强震)이 남겨놓은 것보다 훨씬 더 많은 불구를 만들어왔기 때문이다.

그러나 앵커가 곧바로 덧붙인 말은 몬탈바노 경위의 귀를 쫑긋하게 했다. 루파렐로가 정치적 행적에서 보여준 최고의 활동을 대변하는 원칙과 추종자들을 홀대하지 않고도 카르다모네 박사가 본인의 노선을 추구할 수 있도록 사무총장단은 루파렐로의 정신석

계승자라고 할 수 있는 피에트로 리초 변호사에게 신임 사무총장을 보좌해줄 것을 요청했다는 것이다. 리초는 이처럼 예상 밖의 지명에 따른 무거운 부담감 때문에 이런저런 납득할 만한 이유를 들어 얼마 동안 사양했지만 결국 수락했다고 한다. '텔레비가타'와의 인터뷰에서 리초 변호사는 다소 상기된 표정으로 정신적 스승이자 친구인 루파렐로의 유업과 명성에 충실하기 위해서는 이 무거운 짐을 떠맡지 않을 수 없다고 말했다. 고인이 내세운 슬로건은 한결같이 단 하나, '봉사하라'는 것이었기 때문이다.

몬탈바노는 인터뷰 내용에 놀라 충격을 받았다. 도대체 어떻게 된 것일까? 신임 사무총장은 최대 정적이었던 이의 가장 충복이었던 사람의 보좌를 받도록 하라는, 그것도 공식적으로 내려진 결정을 어떻게 저렇게 태연하게 받아들일 수 있을까? 하지만 몬탈바노의 놀라움은 그리 오래 가지 않았는데, 일단 잠시 앞뒤의 정황을 살펴서 추론해본 뒤 그럴 수도 있겠다는 결론을 내렸기 때문이었다. 실제로 그 당은 선천적으로 항상 타협, 즉 중도 노선을 취하는 성향을 가진 것으로 유명했으니까 말이다. 카르다모네가 아직 혼자 일을 처리할 만한 역량이 충분하지 못했고, 그래서 어떤 특별 지원이 필요하다고 느꼈을 수도 있었다.

몬탈바노는 채널을 돌렸다. 좌파 야당의 목소리를 대변하고 있는 '레테리베라'에서는 인기 시사평론가인 니콜로 지토가 우리 섬 (시칠리아를 말한다 — 옮긴이), 특히 몬텔루사 지방에서는 어째서 시칠리아 방언으로는 zara zabara, 라틴어로 표현하자면 mutatis mutandis, 즉 고쳐야만 하는 것은 고쳐야만 하는데도 불구하고 당장 폭풍우가 몰려온다고 해도 왜 꿈쩍도 하지 않는가를 설명하고 있었다. 그는 이해를 돕기 위해, 아무것도 바꾸지 않기 위해 모든 것을 바꾼다는 살리나 공작의 말을 인용했다. 그는 루파렐로나 카르다모네는 모두 똑같은 동전의 양면과 같은 인물들로 이 동전을 합금한 사람이 다름 아닌 리초 변호사였다고 결론지었다.

몬탈바노는 곧장 전화기로 달려가 '레테리베라'로 전화를 해서는 시사평론가 지토를 바꾸어달라고 했다. 몬탈바노 경위와 지토 사이에는 일종의 호감, 거의 우정에 가까운 무언가가 있었다.

"뭘 도와드릴까요, 경위?"

"한번 봤으면 하는데."

"그래? 하지만 이 친구야, 내일 아침에 나는 팔레르모로 떠나. 적어도 1주일은 걸릴 걸세. 내가 한 삼십 분쯤 뒤에 들르면 어때? 집에 있을 텐가? 그리고 뭐 먹을 것 좀 준비해주게나. 배고파 죽겠어."

마늘과 올리브유로 만든 소스에 버무린 파스타(알리오 올리오 파스타) 한 접시라면 아무 문제없이 만들 수 있었다. 몬탈바노 경위는 냉장고를 열었다. 아델리나가 네 사람이 먹기에 충분할 만큼의 새우를 삶아 접시에 담아두었다. 아델리나의 두 아들은 전과자였는데, 그중 동생은 3년 전에 몬탈바노가 체포해서 아직도 복역 중이었다.

지난 7월, 2주간 몬탈바노와 함께 지내려고 비가타에 온 리비아는 이 이야기를 듣자 기겁을 했다.

"당신 미쳤군요? 그 여자는 언젠가 당신에게 복수할 거예요. 당신 스프에 독을 탈 거라고요!"

"도대체 뭐 때문에 복수한다는 거야?"

"당신이 그 여자의 아들을 체포했으니까요."

"그게 내 잘못이란 말이야? 아델리나는 내가 아니라 옥살이를 할 정도로 큰 죄를 지은 어리석은 아들이 잘못이라는 걸 잘 알고 있어. 나는 정당하게 그를 체포했다고. 함정이나 미끼는 전혀 사용하지 않았어. 모든 것을 규정대로 했다고."

"당신들의 그 황당한 사고방식에는 상관하지 않겠어요. 그 여자를 내보내세요."

"하지만 아델리나를 내보내면 집안 살림은 누가 하지? 누가 빨래를 하고 다림질을 하고 먹을 것을 준비해주는데?"

"찾아보면 있겠죠!"

"그래서 당신이 틀린 거야. 왜냐하면 아델리나 같이 좋은 사람은 어디에도 없으니까."

전화벨이 울렸을 때 몬탈바노는 막 가스 불 위에 파스타를 끓일 물을 얹어놓으려던 참이었다.

"이 시간에 경위님을 깨워야만 하다니 몸 둘 바를 모르겠습니다."

"자고 있지 않았습니다. 누구시죠?"

"피에트로 리초 변호사입니다."

"아, 변호사님. 축하합니다."

"무엇을 말입니까? 최근 우리 당이 제게 부여한 자리 때문이라면 도리어 제게 위로의 뜻을 표하셔야 할 것입니다. 저는 단지 고인이 되신 루파렐로의 유업을 이어받을 생각 때문에 수락했던 것입니다. 그것뿐입니다. 전화를 건 목적으로 돌아가죠. 경위님을 급히 만나야만 할 것 같습니다."

"지금 말입니까?"

"물론 지금은 아닙니다. 하지만 어쨌든 날짜를 늦출 수 없는 다급한 상황이란 걸 알아주십시오."

"내일 아침이 좋겠습니다만 내일 아침엔 장례식이 있지 않습니까? 변호사님께서 매우 바쁘실 것 같은데요."

"그렇군요! 오후 내내 마찬가지일 겁니다. 아시잖습니까? 분명히 몇몇 중요한 고위급 인사들이 있을 테고 당연히 그런 분들은 영

접을 바랄 테니까요."

"그럼, 언제가 좋으시겠습니까?"

"아, 다시 생각해보니 그냥 내일 아침으로 약속 시간을 잡으면 좋겠습니다. 하지만 아주 일찍이요. 경위님은 평소 몇 시쯤 사무실에 도착하십니까?"

"여덟 시쯤입니다."

"여덟 시라면 저한테도 좋습니다. 어쨌거나 몇 분 안 걸리는 일이니까요."

"저, 변호사님……. 내일 아침에 얼마 안 되는 시간을 내서라도 저를 꼭 보셔야 한다니, 무슨 일인지 미리 말씀해주실 수는 없습니까?"

"전화로 말입니까?"

"간단한 암시라도 좋습니다."

"좋습니다. 풍문으로 들리는 것이 얼마나 사실에 부합하는지는 모르겠지만 경위님께서 우연히 길에서 발견한 어떤 물건을 갖고 계시다고 들었습니다. 제가 그 물건을 찾아달라는 의뢰를 받아서요."

몬탈바노는 한 손으로 수화기를 감싸며 말 그대로 말이 목청껏 울 때처럼 웃음을 터뜨렸다. 그것은 일종의 희열이 담긴 강한 조소였다. 그는 자코무치를 낚싯바늘 삼아 그 목걸이를 미끼로 달아놓았는데, 이 미끼가 효과를 톡톡히 발휘해 그가 꿈꿀 수 있는 최대의 월척이 덥석 미끼를 물었던 것이다. 그런데 누구도 알면 안 되는 사실을 자코무치는 어떻게 해서 모두가 알 수 있게 했단 말인가? 레이저 광선이나 텔레파시나 샤머니즘적 주술이라도 사용했단 말인가? 몬탈바노는 리초 변호사가 소리치는 것을 들었다.

"여보세요? 여보세요? 잘 들리지 않습니다! 괜찮으세요, 전화가 끊어진 건가요?"

"아닙니다, 죄송합니다. 연필이 바닥에 떨어져서 그걸 집고 있었습니다. 그럼 내일 여덟 시에 뵙겠습니다."

―

초인종이 울리자 몬탈바노는 파스타를 물에 넣고 문을 열러 갔다.

"그래, 날 위해 어떤 음식을 준비했나?"

지토가 들어서며 물었다.

"알리오 올리오(마늘과 올리브유 소스로 버무린 파스타)와 올리브유와 레몬을 뿌린 새우."

"죽이는군!"

"무엇으로 와서 나를 좀 도와주게. 그동안 먼저 자네에게 첫번째 질문을 함세. 자네 '날짜를 늦출 수 없는 다급한 상황'이라는 단어를 발음할 수 있겠나?"

"뭐라고? 자네 어떻게 된 거 아냐? 내가 그따위 단어 하나를 발음할 수 있는지 보려고 몬텔루사에서 비가타까지 급하게 달려오게 한 거야? 도대체 뭐가 필요한데? 누워서 떡 먹긴데, 뭘."

지토는 몬탈바노가 말하는 단어를 발음해보았다. 계속해서 서너 번 반복할수록 발음이 잘 되지 않았고, 매번 더 더듬게 되었다.

"숙달되어야 해, 숙달되어야만 해."

몬탈바노는 리초를 빗대어서 말했다. 몬탈바노는 단지 혀가 잘 돌아가지 않는 사람들에 비해 막힘없이 술술 말하는 변호사의 언변 능력만을 빗댄 것은 아니었다.

두 사람은 요리에 대해 이야기를 나누며 식사를 했다. 지토는 10년 전 피앗카에서 맛보았던 환상적인 새우 요리를 떠올리고는 이번 새우는 조금 너무 오래 삶았으며 파슬리를 조금 더 뿌렸어야 했다고 불평했다.

"그런데 어떻게 자네 '레테리베라' 사람들이 갑자기 모두 영국인들처럼 되어버린 거야?"

몬탈바노는 아버지가 란다초 지방에서 사온 맛 좋은 백포도주를 마시며 갑작스럽게 질문을 던졌다. 몬탈바노의 아버지는 지난주에 백포도주 여섯 병을 들고 왔는데, 그것은 그저 잠시 아들과 함께 시간을 보내기 위한 구실이었다.

"무슨 의미로 '영국인들처럼 되었다'는 거야?"

"과거에는 분명 그랬을 텐데, 이번엔 자네들이 루파렐로를 비방하지 않는다는 뜻에서 말이네. 자네도 알 거야. 루파렐로가 일종의 노상 매음굴에서, 즉 창녀들과 뚜쟁이와 호모들 틈에서 바지가 벗겨진 채 심근경색으로 죽었다는 것을. 너무나 추잡스럽지 않나? 그런데 자네들은 이 기회를 냉큼 잡지 않고 어떻게 죽었는지에 대해 애도의 베일만 드리우고 있잖아."

"다른 사람의 딱한 처지를 이용해먹는 것은 우리 취향이 아니지."

지토가 말했다.

몬탈바노는 웃기 시작했다.

"니콜로, 날 도와주는 셈 치고 자네를 포함해서 '레테리베라' 사람들 모두 꺼지라고 해!"

이번에는 지토가 웃기 시작했다.

"좋아, 그렇다면 이야기해주지. 그건 이렇게 된 걸세. 시체를 발견하고 몇 시간 지나지 않아서 리초 변호사가 필로 디 바우치나 남작에게 급히 갔어. 그는 '빨갱이 남작'으로 백만장자이지만 공산주의자일세. 리초 변호사는 두 손을 깍지 낀 채 남작에게 '레테리베라'가 이번 죽음에 관한 정황에 대해 보도하지 않도록 해줄 것을 애걸했지. 그는 남작의 조상들이 오래전부터 가졌던 것처럼 보이는 기사도 정신에 호소했던 거야. 자네도 알다시피, 남작은 우리 방송국의 80%에 달하는 지분을 손에 쥐고 있지 않나? 이게 전부일세."

"젠장, 그게 전부라고? 그러면 언제나 해야 할 말은 하기 때문에 적대자들에게서도 찬탄을 들었던 자네, 니콜로 지토가 남작에게 그저 '네, 그렇습니다' 라는 대답만 한 채 '나 죽었소' 하고 납작 엎드려 있는 건가?"

"내 머리카락이 무슨 색인가?"

지토가 대답 대신 물었다.

"붉은색."

"몬탈바노, 나는 안으로나 밖으로나 빨갱이지. 성질 더럽고 원한에 찬 공산주의자들에 속해 있지. 멸종 위기에 처한 그런 인종 말일세. 나는 그 불쌍한 자의 죽음을 둘러싼 정황을 자꾸 들먹임으로써 그에 대한 기억을 더럽혀서는 안 된다고 말하는 자들이 실제로는 그가 잘 되기를 바라는 것이 아니라 잘못되기를 바란다고 확신하게 되었기 때문에 지시를 순순히 받아들인 거라네."

"무슨 소린지 이해가 안 되는데?"

"그렇다면 설명해줄게. 이 순진한 친구야, 만일 자네가 어떤 스캔들을 가능한 빨리 사람들 뇌리에서 사라지게 하고 싶다면 텔레비전이든 신문 지상이든 최대한 그것에 대해 떠드는 수밖에 없네. 씹고 또 씹고 밟아 뭉개고 또 짓밟고. 그러면 얼마 후에 사람들은 질리기 시작하지. '지독하게 우려먹는군!' 하는 소리가 나오지. '그만큼 씹었으면 되지 않아?' 2주 정도만 지나보게. 그동안 포화처럼 쏟아진 보도로 인한 식상함에 아무도 더이상 그 스캔들에 대해서 이야기하는 것을 듣고 싶어 하지 않게 되지. 이제 알겠나?"

"그렇군."

"그런데 만일 그와 반대로 자네가 모든 것에 대해 침묵한다면 그 침묵 자체가 말하기 시작하지. 있지도 않은 소문들이 마구잡이로 만들어지고 끊임없이 커져나가게 되지. 예를 들어볼까? 우리 편집국에서 전화를 몇 통이나 받았는지 아나? 바로 우리가 침묵하는 이유로 말이야, 수백 통이지. 루파렐로 씨는 차 안에서 두 여자와 한다는 게 사실입니까? 루파렐로가 샌드위치 포즈로 하는 것, 즉 루파렐로 씨가 창녀와 그 짓을 하는 동안 검둥이가 뒤에서 그에게 해주는 포즈를 좋아한다는 게 사실입니까? 그리고 마지막으로, 오늘 저녁에 온 전화가 있지. 루파렐로가 자신과 관계를 가진 모든 매춘부들에게 굉장한 보석들을 선물한다는 게 사실입니까? 등등 말일세. 분명 누군가 그중 하나를 몬타나에서 찾은 것 같아. 거기에 관한 건데…… 자네 이 이야기에 대해서 아는 것 없나?"

"내가? 아니. 분명 실없는 소릴 텐데 뭘……."

몬탈바노 경위는 태연하게 거짓말을 했다.

"이제 알겠지? 몇 달 뒤에 분명 어떤 멍청이가 내게 와서 루파렐로가 네 살배기 애들을 추행하곤 했으며, 그런 다음 밤을 잔뜩 집어넣고 꿀꺽했다는 말이 사실인지를 물을 것이라고 장담하네. 루파렐로에 대한 중상모략은 끝이 없을 것이고, 일종의 전설이 될 거야. 이제 내가 왜 추문을 덮어둘 것을 요구하는 사람에게 그렇게 하겠다고 대답했는지 자네가 이해했기를 바라네."

"그럼 카르다모네의 입장은 어떤가?"

"글쎄······. 그의 선출 경위는 아주 이상했지. 한번 보게나. 지방 당 사무국은 모두 루파렐로 측근들로 채워져 있어, 카르다모네의 측근인 두 명만 빼고 말이지. 그리고 이 두 사람도 그저 겉치레 때문에, 즉 자신들이 민주주의자들이라는 것을 보여주기 위해 남아 있을 뿐이지. 분명 신임 사무총장은 루파렐로의 추종자일 수밖에 없고 또 당연히 그러해야 하네. 그런데 더 충격적인 사실은 리초가 앞장서서 카르다모네를 추천했다는 거야. 그 파벌의 다른 사람들은 어안이 벙벙했지만 감히 반대하지는 못했지. 만일 리초가 그렇게 말한다면 그건 그와 관련된 모든 일의 저변에서 무슨 일인가 일어날 수 있는 위험이 도사리고 있다는 것이니, 변호사 생각을 따르는 게 나을 테니까 말이야. 그래서 그들은 찬성한 거지. 카르다모네는 연락을 받고, 그 자리를 수용하며 본인이 사무국에 있는 자신의 두 측근에게 커다란 치욕을 안겨주면서 리초 변호사가 자신을 보좌해줄 것을 제안했네. 하지만 난 이 점에서는 카르다모네를 이해해. 카르다모네는 생각했을 걸세. 리초를 표류 기뢰처럼 떠돌게 하는 것보다는 붙잡아두고 있는 편이 더 낫다고"

그러고 나서 지토는 그가 쓰려고 생각하는 소설에 관해 말하기 시작했고, 둘은 새벽 네 시까지 이야기를 나누었다.

몬탈바노는 사무실 창턱에 둔 선인장 — 리비아가 선물한 것이었다 — 의 상태를 살펴보다가 군청색 승용차 한 대가 도착하는 것을 보았다. 차 안에는 카폰이 설치되어 있는 데다 기사와 보디가드가 동승하고 있었다. 보디가드가 먼저 내려 뒷문을 열어주자 키가 작고 대머리에 승용차와 동일한 색의 옷을 입은 한 남자가 내렸다.

"밖에 있는 사람들 중 날 찾아온 사람이 있으면, 즉각 들여보내."

몬탈바노 경위가 경비병에게 지시했다.

리초 변호사가 들어왔을 때 몬탈바노는 변호사의 왼쪽 소매 상단이 한 뼘 길이의 검은 상장(喪章)으로 덮여 있는 것을 보았다. 변호사는 이미 장례식에 갈 준비를 하고 온 것이었다.

"경위님께 어떻게 제 결례에 대한 용서를 구해야 할지 모르겠군요?"

"무슨 말씀이십니까?"

"댁으로 지난밤 한 시에 전화를 드려 방해한 것 말입니다."

"그렇지만 그 문제는…… 변호사님께서 제게 말씀하셨던 것처럼 날짜를 늦출……."

"날짜를 늦출 수 없는 나급한 상황…… 물론입니다."

정말이지 얼마나 똑똑한가, 피에트로 리초 변호사는!

"요점을 말하지요. 지난 일요일 저녁 늦은 시간에 한 젊은 부부가…… 매우 품위 있는 분들인데요, 술을 주금 마시고는 자유분방

한 호기를 한번 부려보기로 했답니다. 부인이 만나라에 데려다 달라고 남편에게 졸랐답니다. 그 장소와 그곳에서 일어나는 일들이 궁금했던 거죠. 그 호기심이 비난받을 만한 것이라는 점에는 저도 동의하지만 그 이상은 아닙니다. 이 부부가 만나라의 입구까지 왔을 때 부인은 차에서 내렸죠. 하지만 곧바로 그녀에게 쏟아지는 천박한 제의들로 성가셔진 부인은 곧 차에 다시 오르고 두 사람은 떠났습니다. 그녀는 집에 도착해서야 목에 걸고 있던 값비싼 물건을 잃어버린 것을 알아차리게 된 것이죠."

"정말 이상한 우연의 일치군."

몬탈바노는 거의 혼잣말을 하듯 중얼거렸다.

"뭐라고 말씀하셨습니까?"

"저는 거의 같은 시간에 같은 장소에서 루파렐로 씨가 죽어가고 있었다는 사실을 생각하고 있었습니다만……"

리초 변호사는 평정을 잃지는 않았지만 심각한 표정을 지었다.

"저도 똑같은 생각을 했습니다……. 운명의 장난 말입니다."

"변호사님께서 말씀하신 물건 말인데요, 값비싼 보석들로 장식된 하트가 달린 순금 목걸이입니까?"

"그렇습니다. 저는 원래 주인에게 그 목걸이를 돌려주십사 경위님께 요청하러 왔습니다. 물론 저 가엾은 루파렐로가 발견되었을 때 보여주셨던 것처럼 신중에 신중을 기하셔야겠지만 말입니다."

"죄송합니다만…… 이런 경우 어떻게 처리해야 할지 막막하군요. 어쨌거나 주인이 직접 찾아왔다면 상황이 달라졌을 테지만요."

"하지만 저는 정식 위임장을 갖고 왔는데요!"

"아, 그러십니까? 보여주시겠어요?"

"보여드리고 말고요, 경위님. 죄송합니다만 제 고객들의 이름이 알려지기 전에 당신이 갖고 계신 목걸이가 그들이 찾고 있는 것과 동일한 것인지 확인해보고 싶습니다."

리초 변호사는 한 손을 윗옷 주머니에 넣어 종이 한 장을 꺼내서 몬탈바노 경위에게 내밀었다. 몬탈바노는 주의 깊게 그것을 읽었다.

"위임장에 사인을 한 이 자코모 카르다모네는 누굽니까?"

"우리 당의 신임 사무총장인 카르다모네 교수의 아들이오."

몬탈바노는 연기를 되풀이할 순간이라고 생각했다.

"하지만 정말 이상하군!"

몬탈바노는 다시 한 번 들릴 듯 말 듯한 나지막한 소리로 말했다. 깊은 명상에 잠긴 것처럼.

"미안하지만 뭐라고 말씀하셨습니까?"

몬탈바노는 곧장 대답하지 않았다. 상대방을 애태우기 위해서였다.

"변호사님께서 말씀하신 것처럼 이 일 전체에 운명이라는 놈이 좀 심하게 장난을 치고 있다고 생각하고 있었습니다."

"무슨 의미죠? 죄송하지만······"

"신임 사무총장의 아들이 전 사무총장이 죽은 날 같은 시간, 같은 장소에 있었다는 의미에서 말이죠. 이상하지 않습니까? 변호사님께서는요?"

"이제야 무슨 말씀인지 이해가 가는군요. 그렇죠……. 하지만 이 두 문제 간에는 털끝만큼의 연관성도 없다고 생각합니다. 전혀요."

"저도 그렇게 생각합니다."

몬탈바노는 이렇게 덧붙였다.

"자코모 카르다모네 씨의 서명 옆에 있는 서명을 알아볼 수 없는데, 혹 누군지?"

"그의 부인의 서명입니다. 스웨덴 여자죠. 솔직히 말씀드리면, 경솔하고 경박한 면이 있는 여잡니다. 우리네 풍습에 잘 적응하지 못하는 그런 여자 말입니다."

"변호사님이 보시기에는 그 보석이 얼마나 할 것 같습니까?"

"저는 거기에 대해선 일가견이 없습니다만 목걸이 주인이 말하기를 팔천만 리라 정도 될 거라 했습니다."

"그럼 이렇게 합시다. 좀 있다가 제가 자코무차라는 동료에게 전화를 해서 그 물건을 다시 가져오라고 하겠습니다. 현재는 그가 목걸이를 보관하고 있거든요. 내일 아침에 제 밑에 있는 한 형사를 시켜 변호사님 사무실로 가져다드리도록 하죠."

"이를 어찌 감사해야 할지 모르겠습니다……."

몬탈바노는 리초 변호사의 말을 끊었다.

"변호사님은 제가 보낸 형사에게 정식 인수증을 발행해주십시오."

"그럼요, 당연하죠!"

"그리고 천만 리라짜리 수표도 한 장 발행해주십시오. 제가 그 목걸이를 가격에 따라 처분할 권리를 양도받았거든요. 이는 귀중품이나 큰 액수의 돈을 찾아준 사람에게 주는 관례적인 보상금이라고 생각하시면 됩니다."

리초는 한 방 세게 얻어맞았으나 이를 우아하게 흡수했다.

"그것이 정당하겠군요. 수표는 누구에게 주는 것으로 발행해드릴까요?"

"사로 씨 이름으로요, 루파렐로의 시체를 발견한 두 도로 청소부 중의 한 명 앞으로 말입니다."

변호사는 신중하게 그 이름을 적었다.

9

　　　　리초가 채 문을 닫기도 전에 몬탈바노는 벌써 니콜로 지토의 집 전화번호를 누르고 있었다. 리초 변호사가 방금 한 말은 몬탈바노가 머릿속에 그려두었던 메커니즘을 굴러가게 했는데, 그것이 즉각 행동에 나서려는 간절한 바람으로 밖으로 표출된 것이었다. 지토의 아내가 전화를 받았다.

"남편은 방금 나갔어요. 팔레르모로 가는 중인데요."

그러더니 갑자기 생각난 듯 몬탈바노에게 되물었다.

"어젯밤에 경위님과 함께 있지 않았나요?"

"물론 저와 함께 있었죠. 그런데 오늘 아침에야 중요한 사실이 한 가지가 떠올라서요."

"기다리세요, 그이를 다시 불러올 수 있을지 모르겠군요. 인터폰으로 불러볼게요."

잠시 후, 가쁜 숨소리가 들리더니 이윽고 친구의 목소리가 들렸다.

"대체 뭐 때문에 그래? 어젯밤에 충분히 이야기하지 않았나?"

"정보가 좀 필요해."

"간단한 거라면."

"자코모 카르다모네와 그의 부인 — 스웨덴 여자 같던데 — 에 관한 모든 정보, 정말 황당한 소문들까지 알고 싶네."

"'같던데'라고? 그 여자는 180센티미터의 키에 늘씬한 몸매, 금발에다 쭉 뻗은 다리와 굉장한 가슴을 가졌지! 하지만 만일 자네가 그 여자에 대해 모든 것을 알고 싶다면 시간이 좀 걸리겠는걸. 그런데 지금 나는 시간이 없어. 이렇게 함세. 나는 예정대로 지금 떠나고, 가면서 어떻게 할지 생각해서 도착하자마자 자네에게 팩스를 보내도록 하지."

"그런데 어디로 보내려고? 경찰서로? 아직 서에서는 이 이야기를 몰라. 아무도 모르게 연막전술을 펴고 있거든."

"그럼 몬텔루사에 있는 우리 편집부로 팩스를 보낼게. 오늘 오후 늦게나 들르라고."

―

몬탈바노 경위는 어떻게든 몸을 좀 움직여야 할 것 같아서 사무실을 나와 파지오 경사의 방으로 들어갔다.

"토르토렐라는 좀 어때?"

파지오는 동료의 빈 책상을 쳐다보았다.

"어제 문병갔는데, 월요일이면 퇴원할 수 있다고 하더군요."

"자네 혹시 낡은 공장에 어떻게 들어가는지 아나?"

"공장을 폐쇄한 후에 공장을 빙 둘러 높은 벽을 세울 때 한쪽에 아주 작은 철문을 달았습니다. 사람이 몸을 구부려야 들어갈 수 있을 만큼 작은 문입니다."

"누가 갖고 있지, 그 문 열쇠를?"

"그건 모릅니다만 알아볼 수 있어요."

"알아보기만 하지 말고, 오전 중으로 나한테 가져다주면 좋겠어."

몬탈바노는 자신의 방으로 돌아와서 자코무치에게 전화를 걸었다. 전화벨이 한참 울리고 나서야 마침내 자코무치가 전화를 받았다.

"뭐야? 이질이라도 걸린 거야?"

"그만하라고, 몬탈바노 무슨 일이야?"

"목걸이에서 뭐 찾아낸 것은 없나?"

"내가 뭘 찾았으면 좋겠는데? 유감스럽지만 아무것도. 그래도 지문은 있었지. 그런데 판독하기 어려울 정도로 수많은 지문들이 얽히고설켜 있었어. 이걸 어떻게 해야 해?"

"오늘 저녁 전까지 나한테 다시 보내주게. 저녁 전까질세. 부탁

하네."

옆방에서 파지오 경사의 화난 목소리가 들려왔다.

"그래서 이 빌어먹을 화학 공장의 주인이 누군지 아무도 모른다는 거야? 무슨 파산 관리인이나 수위는 있을 것 아냐!"

파지오는 몬탈바노가 들어오는 것을 보자마자 이렇게 말했다.

"산 피에트로 성당 열쇠를 얻는 편이 더 쉬울 것 같습니다."

몬탈바노 경위는 파지오 경사에게 지금 외출하면 길어야 두 시간 안으로 들어올 것이라며 돌아올 때까지 책상 위에 열쇠가 놓여 있기를 바란다고 말했다.

―

사로의 아내는 입구에서 몬탈바노 경위를 보자마자 얼굴이 창백해져서는 가슴에 한 손을 갖다대었다.

"오, 하느님 맙소사! 무슨 일이 있나요? 무슨 일이에요?"

"아주머니가 걱정하실 일은 아무것도 없어요. 아니, 오히려 좋은 소식을 갖고 왔으니, 걱정하지 마세요 사로는 집에 있나요?"

"네, 네. 오늘은 일을 일찍 마쳤는걸요."

사로의 아내는 몬탈바노를 부엌으로 안내해 자리를 내주고 침실에서 아이를 재우기 위해 어린 아들 곁에 함께 누워 있던 남편을 부르러 갔다.

"앉게나."

몬탈바노가 말을 이었다.

"그리고 명심하고 내 말을 듣게. 전당포에 목걸이를 맡기고 받은 돈으로 자네 아들 병을 고치기 위해 어디로 갈지 생각해봤나?"

"벨기에요."

사로가 바로 대답했다.

"거기 형이 있는데, 얼마 동안 우리가 거기 살 수 있다고 했습니다."

"여행에 필요한 돈은 있나?"

"몇 푼 되지 않지만 저금해서 모아둔 것이 좀 있어요."

사로의 아내가 자랑스럽다는 듯이 말했다.

"그렇지만 여행 경비 정도밖에 안 되죠."

사로가 정확하게 말했다.

"충분하네. 그러면 자네는 오늘 역에 가서 표를 끊게나. 아니, 버스를 타고 랏카달리로 가게나. 거기 여행사가 하나 있지?"

"네, 경위님. 그런데 왜 랏카달리까지 가는 거죠?"

"나는 이곳 비가타 사람들이 당신들이 하려는 일이 무엇인지 또 갑자기 어디서 그런 경제적 여유가 생겼는지 등을 몰랐으면 좋겠네. 그동안 부인은 여행 가방을 준비하십시오. 아무에게도 말하면 안 되네. 가족에게조차 말이야. 알겠나?"

"명심할게요, 그 일에 관한 것이라면 말이죠. 그런데 죄송합니다만 경위님, 우리 아들을 치료하러 벨기에 가는 게 무슨 잘못된 일인가요? 경위님은 제게 이 모든 일을 비밀로 하라고 말씀하시는데, 마치 우리가 불법적인 일을 하는 것처럼 느껴집니다."

"사로, 자네는 어떤 불법적인 일을 하고 있지 않네. 그 점에 대해서는 걱정할 필요가 없어. 하지만 분명히 해야 할 일들이 몇 가지 있네. 그러니 자네는 나를 믿고 내가 말하는 대로만 하면 되네."

"좋습니다. 그런데 겨우 왕복 여비 정도만 있을 뿐인데, 뭐하러 굳이 벨기에까지 가야 하는 거죠? 놀러 가는 것도 아니고……."

"돈은 충분하게 마련될 걸세. 내일 아침 내 부하 형사 한 사람이 천만 리라짜리 수표를 한 장 갖고 올 거야."

"천만 리라요? 무엇 때문에요?"

사로는 숨도 쉬지 못한 채 물었다.

"자네가 번 거야. 자네가 발견해서 내게 가져다준 그 목걸이에 대한 보상금이야. 그 돈은 걱정 없이 떳떳하게 써도 되네. 사용하는 데는 아무 문제도 없을 걸세. 수표를 받자마자 현금으로 바꾸고 곧장 떠나게나."

"수표는 누가 발행한 거죠?"

"리초 변호사가 발행했네."

"아!"

사로는 놀란 표정을 짓더니 이내 얼굴색이 하얗게 되었다.

"두려워할 것 없네. 이건 전부 합법적인 것이고 내가 그렇게 처리했네. 하지만 가급적 조신하는 것이 좋겠어. 나는 리초가 나중에

딴 말하는 배신자들처럼 행동하기를 원치 않네. 어쨌거나 천만 리라는 천만 리라니까."

―

 지알롬바르도 형사는 몬탈바노 경위에게 파지오 경사가 낡은 공장의 열쇠를 가지러 간 지 적어도 두 시간은 지났지만 아직 돌아오지 않았다고 말했다. 건강이 좋지 않은 수위가 몬테도로에 있는 아들 집에 살고 있기 때문이었다. 또 지알롬바르도 형사는 로 비안코 판사가 전화해서 경위를 찾았으며, 열 시 이전에 자기에게 전화해줄 것을 부탁했다고 보고했다.

 "아, 경위님. 다행이군요. 마침 나가는 길이라서요. 장례식 때문에 대성당에 가는 길입니다. 저한테 똑같은 질문을 하며 유력 인사들이 공격, 그러니까 말 그대로 공격을 하리란 것을 알고 있습니다. 경위님은 그 질문이 어떤 걸지 아십니까?"

 "왜 아직도 루파렐로 사건을 종결짓지 않았냐?"

 "그렇습니다, 경위님. 농담이 아닙니다. 저도 까칠한 표현은 쓰고 싶지 않습니다. 아무튼 오해받기는 싫습니다······. 어쨌든 경위님이 뭔가 구체적인 것을 손에 쥐고 있다면 계속하십시오. 그렇지 않으면 종결하시고요. 어쨌든 그렇게 해주시면 좋겠습니다. 전 더 이상 어떻게 할 수가 없습니다. 뭘 알아내고 싶은 겁니까? 루파렐로는 자연사했습니다. 제 생각에 경위님은 단지 루파렐로가 만나라에서 죽었기 때문에 고집을 부리고 계십니다. 궁금한 점이 하나 있습니다. 루파렐로가 만약 여느 길가에서 발견되었다면 경위님이 다시 조사거리를 찾아냈을까요? 대답해보시오."

"찾지 못했겠죠."

"그렇다면 어디까지 가려는 겁니까? 이 사건은 내일까지 마무리 지어져야만 합니다. 이해하시겠소?"

"언짢아하지 마십시오, 판사님."

"아니요, 정말 화가 납니다. 나 자신에게 말이오 경위님은 내게 어떤 단어, 그러니까 전혀 사용할 경우가 아닌 단어를 쓰게 하고 있소. '사건'이라는 단어 말이오 내일 안으로요, 알겠소?"

"토요일까지는…… 안 될까요?"

"뭐라고요? 우리가 시장에서 흥정이라도 하고 있는 줄 아십니까? 좋아요. 하지만 단 한 시간이라도 늦는다면 당장 상관들에게 이야기하겠소"

―

지토는 약속을 지켰다. '레테리베라'의 편집부 비서는 몬탈바노에게 팔레르모에서 온 팩스를 가져다주었다. 몬탈바노는 만나라로 향하는 동안 그것을 읽었다.

자코모 도령은 응석받이 부잣집 아들의 고전적인 예, 한 치의 오차도 없이 딱 들어맞는 전형이라네. 그의 아버지는, 뒤에 얘기하겠지만 사소한 과오 하나를 제외하고는 신사로 정평이 났고, 고인이 된 루파렐로와는 정반대라네. 자코모는 두번째 부인과 함께 아버지 집의 2층에 살고 있네. 잉그리드 쇼스트룀이라는 이 여자의 자질에 대해서는 이미 자네에게 개인적으로 이야기해준 바 있네. 그냥 기억나는 대로 자코모의 '업적'에 대해 나열해보겠네. 거의 돌대가리에 가까운 그는 공부에는 도무지 관심이 없었을뿐더러 여자의 성기에 대한 조숙한 분석 말고는 달리 열중한 것도 없었다네. 그럼에도 그는 항상 '하느님 아버지'(또는 간단히 말해 그의 아버지)의 개입으로 끝내주는 점수로 진급을 할 수 있었지. 그는 의과대학에 등록은 했지만 강의에는 한 번도 들어가지 않았네(공중 보건을 위해서는 다행스런 일이지). 16살에 운전 면허증도 없이 아버지의 성능 좋은 차를 몰다가 18살짜리 남자를 치어 숨지게 했지. 실제로 자코모는 나이가 어리다는 이유로 그에 대해 아무런 대가도 치르지 않았고, 대신 그의 아버지가 상대방의 가족에게 상당한 돈을 지불했다네. 성인이 되어서는 서비스업체를 차렸지만 이 회사는 차린 지 2년 만에 망했다네. 자코모 카르다모네는 단 한 푼도 손해 보지 않았고, 그의 동업자는 총으로 자살을 기도해 거의 목숨을 잃을 뻔했네. 이 사건을 자세히 알아보려던 재무 경찰관은 별안간 볼자노(이탈리아 북부에 있는 도시 — 옮긴이)로 근무지가 전보되었네. 현재 자코모는 약물을 다루는 일을 하고 있지만(죽이지 않나! 물론 이번에도 역시 뒤에는 아버지가 브레인으로 버티고 있지!) 들어올 수입보다 훨씬 더 많은 액수를 펑펑 쓰고 있다네.

경주용 자동차와 말에 열광적인 그는 폴로 클럽을 만들었는데(몬텔루사에서 말일세!), 이 귀족 스포츠 경기는 단 한 번도 열린 적이 없었네. 하지만 그러한 결핍을 메우기 위해 엄청나게 흡입해댔지.

만약 내가 이 자의 사람됨에 대해 정직하게 평가해야 한다면 재수 없는 놈, 다시 말해 돈 많고 힘 있는 아버지 덕분에 먹고사는 놈의 탁월한 표본을 대변한다고 말하겠네. 자코모는 22살에 친구들 사이에서는 바바라고 불렸던 알바마리나 콜라티노라는 여자와의 결혼을 감행하는데(그렇게들 얘기하지 않나?), 그녀는 팔레르모의 부유한 사업가 가문 딸이었지. 2년 후 바바는 남편의 명백한 생식불능을 이유로 가톨릭 최고법원에 혼인 무효 소송을 청구하지. 내가 잊은 것이 있는데, 자코모가 18살 때, 그러니까 결혼하기 4년 전에, 집에서 부리던 여자의 딸을 임신시킨 적이 있어. 이 달갑지 않은 사고는 늘 그렇듯이 전지전능한 신에 의해 입 밖에 내지 못하는 사건이 되었지. 그러니까 둘 중의 하나겠지. 바바가 거짓말을 했거나 아니면 하녀의 딸이 거짓말을 했거나. 로마의 성스러운 고위 성직자들의 논의의 여지가 없는 의견으로는 하녀가 거짓말을 한 것이고(당연한 거 아니겠나?), 자코모는 아이를 낳을 능력이 없었네(그리고 이에 대해서는 저 높은 곳에 계신 하느님께 감사해야 할 것이네). 혼인 무효를 허락받은 바바는 전부터 관계를 갖고 있던 사촌과 약혼했고,

자코모는 이를 잊기 위해 북구의 안개 낀 나라들을 향해 떠났지. 스웨덴에서 자코모는 우연히 호수와 절벽들과 산들 사이를 횡단하는 위험천만한 자동차 경주에 참석하게 되었지. 거기서 승리한 사람은 대꼬챙이처럼 마른 금발 여자인 자동차 정비공 잉그리드 쇼스트롬이었지. 삼류 텔레비전 드라마 같은 얘기를 하지 않기 위해서는 자네에게 어떻게 말해야 할까, 이 친구야? 두 사람은 첫눈에 반해 결혼했다네. 그렇게 지금까지 두 사람은 오 년째 함께 살고 있네. 종종 잉그리드는 자기 나라를 오가며 자동차 경주를 하기도 하지. 그녀는 스웨덴인 특유의 단순함과 얽매이지 않는 태도로 남편을 배신하곤 했네. 어느 날 5명의 신사들(말하자면)이 폴로 클럽에서 사교 게임을 하고 있었다네. 여러 질문들 중에 이런 질문도 있었지. "잉그리드와 하지 않은 사람은 일어나시오." 아무도 일어나지 않았다네. 모두들 폭소를 터뜨렸는데, 게임에는 참여하지 않았지만 거기 있던 자코모도 웃음을 터뜨렸지. 전혀 입증할 수 없는 문제이긴 하지만 심지어 엄격한 카르다모네 교수까지 며느리에게 푹 빠져 있는 게 아닐까 하는 소문도 있다네. 이것이 바로 내가 앞에서 운을 띄웠던 '과오'일세. 다른 건 떠오르지가 않네. 모쪼록 자네가 원하던 가십꾼이 되었기를 바라면서. 그럼 영원히.

— 니콜라

몬탈바노는 두 시경에 만나라에 도착했다. 쥐새끼 한 마리 보이지 않았다. 철문의 열쇠 구멍은 소금과 녹으로 뒤덮여 있었다. 이미 예상했던 상태였기 때문에 일부러 몬탈바노는 화기들을 잘 돌아가게 하는 데 쓰는 오일을 가져왔다. 그는 오일이 윤활 작용을 해줄 때까지 기다리며 자동차로 돌아가 기다리며 라디오를 켰다.

지방 방송국 앵커는, 장례식은 매우 감동적으로 치러졌지만 한때 루파렐로의 미망인이 갑자기 쓰러져 부축을 받고 장례식장 밖으로 데리고 나와야만 했다고 말했다. 추도문은 순서대로 낭독되었다. 주교, 중앙당 사무부총장, 당 지방 사무총장, 개인 자격으로는 펠리카노 장관이 뒤를 이어 연설했는데, 그는 오랫동안 고인의 절친한 친구였다고 했다. 그리고 적어도 2천 명가량의 사람들이 성당 입구의 앞뜰에 모여서 관이 나오면 뜨겁고 감동 어린 박수를 치려고 기다리고 있다고 보도했다.

"'뜨거운'이라고, 좋지, 그런데 '감동 어린 박수'가 도대체 뭐야?"

몬탈바노는 자문했다. 그는 라디오를 끄고 열쇠를 작동해보러 갔다. 열쇠는 돌아갔지만 문은 마치 땅에 들러붙은 것처럼 꼼짝하지 않았다. 한쪽 어깨로 문을 힘껏 밀어보았다. 드디어 겨우 빠져나갈 만한 가느다란 틈이 벌어졌다. 문은 석고 조각들과 쇳조각들과 모래로 막혀 있었다. 오래전부터 수위가 살지 않았던 것이 분명했다. 자세히 보니 실제로 외벽은 두 겹이었다. 들어가는 입구의 작은 문과 연결된 보호벽과 공장이 가동 중이던 시절에 주위를 둘러싸고 있었지만 지금은 반쯤 부서진 기존의 벽으로 되어 있었다. 이 두번째 벽의 갈라진 틈들 사이로 녹슨 기계들, 곧거나 굽은 커다란 관들, 거대한 공기 정화기들, 공사장에서 자주 쓰이는 큰 구멍이 뚫린 비계들, 아슬아슬하게 걸쳐져 있는 버팀 다리들, 그리고 이상한 각도로 기울어진 채 우뚝 솟아 있는 강철 탑들이 보였다. 그리고 포장된 바닥들은 여기저기 벌어져 있었고 한때 철제 트러스 골조로 덮여 있던 지붕들은 이제는 허물어져 언제든지 아래로 무너져 내릴 듯했다. 아래 바닥은 다 닳은 시멘트 포장 한 겹을 제외하고는 더이상 아무것도 남아 있지 않아 군데군데 누렇게 변해가는 된 풀들이 틈새에서 가늘게 솟아나와 있었다. 몬탈바노는 두 벽 사이에서 꼼짝도 않은 채 넋을 잃고 이 모든 광경을 바라보았다. 그는 밖에서 보는 공장의 모습을 좋아했는데 안에서 보는 모습은 그를 무아지경에 빠지게 할 정도여서 카메라를 가져오지 않은 것을 후회했다. 그런데 계속해서 낮게 울리는 소리가 그의 주의를 끌었다. 웅웅대는 소리였다. 공장 안에서 들려오는 듯했다.

'아직도 돌아가는 기계가 있나?'

몬탈바노는 궁금해하며 혼잣말을 했다.

우선 밖으로 나가 자동차 글러브 박스를 열고 총을 가져오는 것이 좋을 것 같았다. 몬탈바노 경위는 권총을 갖고 다니는 일이 드물었다. 바지와 재킷의 모양을 흐트러뜨릴 뿐더러 총의 무게 역시 거북스러웠기 때문이다. 그는 다시 공장으로 들어갔다. 소리는 여전히 들려오고 있었다. 몬탈바노는 조심스레 앞으로 나아갔다. 사로가 그려준 그림은 정확했고 그를 안내하는 데 유용했다. 습기가 많아지면 종종 일부 고압선들에서 나는 윙윙거리는 소리 같았지만 그보다 더 다양하고 음악적으로 때때로 소리가 멈추었다가 다른 음으로 이어지는 것처럼 들렸다. 몬탈바노는 바다의 돌들과 잡동사니를 건드리지 않게 주의하면서 긴장을 늦추지 않은 채 두 벽 사이에 난 좁은 회랑을 걸어 나갔다. 통로 건너편에 한 남자가 그와 나란히 공장 안에서 움직이고 있는 것이 보였다. 뒤로 물러섰지만 그자가 이미 그를 본 게 틀림없었다. 머뭇거리고 있을 시간이 없었다. 공범이 있을 것이 분명했다.

몬탈바노는 앞으로 달려들며 총을 들이대며 소리쳤다.

"꼼짝 마! 경찰이다!"

몬탈바노는 순간 깨달았다. 상대방은 그가 이렇게 움직이리라는 것을 뻔히 예상하고 있었다는 것을. 상대방은 이미 총을 쥔 채 몸을 반쯤 굽히고 있었다. 몬탈바노는 땅에 몸을 던지면서 총을 쏘았다. 그리고 바닥에 몸이 닿기 전에 두 발을 더 쏘았다. 그러나 기대했던 것 — 응사, 비명, 발을 끌며 도망가는 소리 — 대신 몬탈바노가 들은 것은 귀청이 터질 듯한 총소리에 뒤이은 유리창이 산산조각나는 소리였다. 곧 사정을 알아차린 그는 미친 듯이 낄낄거리느라 몸을 일으키지도 못했다. 몬탈바노는 먼지로 뒤덮인 커다란 유리창에 비친 자신의 영상을 쏜 것이었다.

'창피해서 이걸 누구한테 이야기하나? 그랬다간 당장 수사선에서 밀려날 텐데……'

몬탈바노는 중얼거렸다.

갑자기 손에 쥐고 있던 무기가 우스꽝스럽게 보여 바지의 허리띠 속으로 집어넣었다. 총성은 오랫동안 울려 퍼졌고, 폭발음과 유리창이 깨지는 소리가 아까부터 들리던 낮게 윙윙대던 소리를 완전히 집어삼켰다. 그리고 이제 그 낮은 소리는 다시 한층 더 다양하게 들려왔다. 그제야 그는 그 소리의 정체를 알 수 있었다. 그것은 매일, 여름에도 낮이면 부근 해변에 불어오다 저녁에는 반대로 마치 제제의 사업을 방해하지 않으려는 듯 잦아드는 바람이 만들어낸 소리였다. 바람이 버팀 다리들의 금속 케이블 — 일부는 끊어졌고 일부는 팽팽하게 연결되어 있었다 — 을 스치고 들어오면서 거대한 파이프들처럼 여기저기 구멍이 뚫려 있는 공장의 굴뚝들 사이로 불고 있었다. 그렇게 바람은 죽은 공장 안에서 자신의 장송곡을 연주하고 있었으며, 몬탈바노는 넋을 잃고 멈춰 서서 그 소리를 들었다.

사로가 표시했던 지점에 다다르기까지 여러 파편 더미를 기어올라야만 했기 때문에 반 시간쯤 걸렸다. 마침내 그는 벽 건너편에서 사로가 목걸이를 발견했던 곳 바로 맞은편에 도착했다는 것을 알 수 있었다. 그리고 찬찬히 주위를 둘러보기 시작했다. 햇빛으로 변색된 신문지와 종이들, 잡초들, 코카콜라 병들(캔은 높은 벽위로 던지기에는 너무나 가벼웠다), 포도주 병들, 바닥이 없어져버린 금속이륜 수레 하나, 자동차 타이어 몇 개, 쇳조각들, 뭔지 모를 물건 하나, 썩은 나무 대들보 하나 등등이 보였다. 그리고 대들보 옆에 아주 새것으로 보이는 우아한 유명 상표 가죽 가방이 하나 있었다. 그것은 주변의 폐허와 전혀 조화를 이루지 못했다. 몬탈바노는 가방을 열었다. 안에는 제법 묵직한 돌이 두 개 들어 있었는데, 분명 담 밖에서 안으로 가방을 던질 때 제대로 된 각도를 만들어내기 위해 집어넣은 것이었다. 그는 가방 안을 자세히 살펴보았다. 금속으로 새겨진 가방 주인의 이름의 이니셜은 찢겨져 나갔지만 가죽엔 철자의 자국이 남아 있었다. 하나는 I 하나는 S. 잉그리드 쇼스트롬이었다.

'잘 차려다 바치는군.'

몬탈바노는 그렇게 생각했다.

10

 몬탈바노는 아델리나가 냉장고에 준비해둔 다소 많은 양의 구운 파프리카를 맛있게 먹고 원기를 회복하면서 세상 어떤 음식도 이렇게 '잘 차려 바쳐질 수는 없을 것'이라고 생각했다. 그는 전화번호부에서 자코모 카르다모네의 번호를 찾았다. 지금쯤이면 부인인 스웨덴 여자가 집에 있을 터였다.
"건 사람 누구?"
"전 조반니라고 합니다만 잉그리드 있습니까?"
"지금 내가 본다, 기다려."
 몬탈바노는 카르다모네 가에 불시에 정착하게 된 이 가정부가 지구상 어느 곳에서 온 사람인지를 맞혀보려고 했지만 전혀 짐작이 가지 않았다.
"헤이! 짜식, 어떻게 지내?"

잉그리드의 목소리는 지토의 묘사와 맞아떨어지는 저음의 허스키였다. 그렇다고 그녀의 말이 에로틱하게 들리는 것도 아니었다. 어쨌든 몬탈바노에게는 그랬다. 오히려 거부감이 들게 하는 목소리였다. 몬탈바노가 세상의 온갖 이름 중에서 고른다고 고른 것이 하필이면 잉그리드가 해부라도 해본 것처럼 몸속까지 속속들이 알고 있는 남자의 이름이었던 것이다.

"아직 거기 있는 거야? 선 채로 잠이 든 거야? 어젯밤에 몇 번이나 한 거야, 이 호색한아?"

"저, 부인……"

즉각 잉그리드의 반응이 왔다. 전혀 놀라거나 화도 내지 않고 그저 순순히 응하는 것 같았다.

"조반니…… 아니지?"

"그렇습니다."

"그럼 당신은 누구야?"

"저는 경찰 치안국 소속 몬탈바노 경위입니다."

몬탈바노는 경계하는 반응을 기대했지만 즉각 실망하고 말았다.

"오, 멋지군! 짭이라! 내게 뭘 원하는 거지?"

잉그리드는 모르는 사람과 말하고 있다는 것을 알면서도 계속 말을 놓았다. 몬탈바노는 그대로 존칭을 쓰기로 했다.

"부인과 몇 가지 얘기하고 싶습니다."

"오늘 오후엔 정말 안 되겠어. 하지만 저녁에는 시간이 있는

데……."

"알겠습니다, 그럼 오늘 저녁에."

"어디서? 내가 당신 사무실로 갈까? 어디인지 말해봐."

"그러지 않는 게 더 좋겠습니다. 좀더 적당한 장소면 좋겠습니다만."

잠시 침묵이 이어졌다.

"당신 침실에서?"

잉그리드의 목소리는 화가 나 있었다. 분명 반대편 전화선에 괜히 한번 찝쩍대려는 건달 같은 놈이 하나 있는 게 아닌가 하고 의심하기 시작한 것이었다.

"여보세요 부인? 부인이 옳습니다. 저를 믿지 못하는 것을 이해합니다. 이렇게 합시다. 한 시간 후에 제가 비가타의 본서에 있겠습니다. 그러니 부인이 그곳에 전화해서 저를 바꿔 달라고 하십시오. 괜찮습니까?"

여자는 머뭇거리며 잠시 생각에 잠긴 듯하더니 결정했다.

"아니, 당신을 믿어 경찰 나리. 어디서 몇 시에?"

그들은 마리넬라 바에서 밤 열 시에 만나기로 했다. 그 시간이면 분명 인적이 끊길 것이었다. 몬탈바노는 잉그리드에게 아무에게도, 심지어 남편에게조차도 말하지 말 것을 당부했다.

루파렐로의 빌라는 바닷가에서 보면 몬텔루사의 초입에 우뚝 서 있었다. 19세기식의 커다란 집으로 높은 담장으로 둘러싸여 있었다. 담장 한가운데는 든든한 철문이 있었는데, 지금은 활짝 열려 있었다. 몬탈바노는 정원의 한 부분을 가로지르는 가로수 길을 따라 내려가 커다란 이중 현관문 앞에 도착했다. 양쪽으로 열리는 두 문짝 중 한쪽은 열려 있었고 다른 한쪽에는 커다란 검은 리본이 달려 있었다. 그는 안을 들여다보기 위해 몸을 반쯤 밀어넣었다. 로비는 아주 넓었다. 한 스무 명가량의 남녀가 모여서 그런 자리에 걸맞는 슬픈 표정으로 목소리를 낮춰 이야기를 나누고 있었다. 그들 사이를 지나가는 것은 적절하지 않아 보였다. 누군가 그를 알아보고 그가 왜 거기에 왔는지 궁금해할 것이 분명하기 때문이다. 대신 경위는 빌라 주변을 돌고 돌아 마침내 뒷문을 발견했다. 문은 닫혀 있었다. 그는 누군가 문을 열어주러 나오기까지 여러 차례 벨을 눌러야만 했다.

"잘못 찾아오셨습니다. 문상을 하려면 앞문으로 들어오셔야 합니다."

검정색 앞치마를 두르고 풀을 먹인 작은 모자를 쓴 눈치 빠른 하녀가 말했다. 그녀는 얼핏 보았는데도 적어도 그를 잡상인 부류에 넣지 않았다.

"저는 몬탈바노 경위입니다. 가족 중 누군가에게 제가 왔다고 전해주시겠습니까?"

"당신을 기다리고 계십니다, 경위님."

그녀는 그를 긴 복도를 따라 안내했고, 문 하나를 열고는 들어가라는 표시를 했다. 몬탈바노는 커다란 도서관에 온 것 같은 느낌을 받았다. 큰 책장들 속에 잘 보관된 수천 권의 책들이 가지런히 정렬되어 있었다. 한쪽 구석에는 커다란 책상이 있고 반대편에는 작은 테이블과 두 개의 안락의자가 있는 세련되고 우아한 곳이 마련되어 있었다. 벽에는 다섯 개의 액자만이 걸려 있었다. 몬탈바노는 즉각 화가들을 알아보고는 놀라움을 금치 못했다. 구투조가 40대에 그린 그린 농부, 멜 리가 그린 라치오 풍경, 마파이가 그린 폐허의 풍경, 돈기가 그린 티베르 강의 노 젓는 두 사람, 파우스토 피란델로의 해수욕하는 여인. 매우 수준 높은 취향으로 그림을 선택하는 안목이 보통은 아니었다. 문이 열리고 검정색 넥타이를 맨, 밝은 얼굴에 우아한 자태를 지닌 서른 살 정도로 보이는 남자가 나타났다.

"제가 경위님께 전화를 걸었던 사람입니다. 와주셔서 감사합니다. 어머니께서는 경위님을 꼭 만나고 싶어 하십니다. 경위님을 귀찮게 해 정말 죄송합니다."

그는 사투리 없는 말씨로 말했다.

"천만에요, 귀찮게 하다니요. 단지 제가 어머님께 어떤 도움이 될지 모르겠군요."

"그 점에 관해서는 저도 이미 어머님께 말씀드렸습니다만 어머니께선 계속 우기셨죠. 그리고 경위님께 불편을 끼쳐드려야 하는 이유들에 대해서는 제게 한 마디도 안 하시려고 했습니다."

스테파노는 오른손의 지문이 있는 부분을 마치 처음 본다는 듯 쳐다보았다. 그러더니 절도 있게 분명한 목소리로 말했다.

"이해해주십시오, 경위님."

"이해가 잘 되지 않습니다만……"

"어머니를 말입니다, 어머니는 몹시 괴로워하고 계십니다."

서재를 나가려던 그는 돌연 멈춰 섰다.

"아, 경위님? 경위님께서 당황하시지 않도록 미리 알려드리고 싶습니다. 어머니는 아버지가 어디서, 어떻게 돌아가셨는지 아십니다. 어떻게 아셨는지는 저도 알 수가 없습니다. 아버지가 발견되고 두 시간이 지났을 뿐이었는데, 이미 알고 계셨습니다. 그럼 이만 실례……"

몬탈바노는 부담을 덜었다. 미망인이 모든 것을 알고 있다면 남편의 죽음과 관련된 추잡스러움을 그녀에게 숨기기 위해 굳이 이리저리 꼬아가며 거짓말을 할 필요가 없었기 때문이다. 그는 다시 그림들을 감상했다. 몬탈바노는 비가타에 있는 집에 카르맛시, 앗타르디, 귀다, 코르디오, 그리고 안젤로 카세바리외 그림과 핀화들을 갖고 있을 뿐이었다. 몬탈바노는 얼마 안 되는 급여를 아끼고 아껴서 그 그림들을 가질 수 있었을 뿐 그 이상은 어림도 없었다. 이 정도 수준의 유화는 단 한 점도 가질 수 없을 것이다.

"마음에 드세요?"

몬탈바노 경위는 급히 몸을 돌렸다. 미망인이 들어오는 것을 눈치 채지 못했다. 오십 대로 보이는 그녀는 그다지 크지 않은 키에 단호해 보이는 인상을 풍겼다. 그녀의 얼굴을 얇게 덮고 있는 잔주름은 아직 그녀의 미모를 흐트러뜨리지 못했다. 오히려 날카로운 푸른 두 눈의 광채를 더 빛나게 해줄 뿐이었다.

"앉으세요"

미망인은 이렇게 말한 후 몬탈바노 경위가 안락의자에 자리를 잡는 동안 소파에 가서 앉았다.

"너무나 아름다운 그림들이죠. 저는 그림은 잘 알지 못하지만 마음에 들어요. 한 삼십 점쯤 집 안 여기저기에 걸어두었어요. 남편이 산 거예요. 그림은 남편을 달래는 은밀한 악습 같은 것이었어요. 남편은 그렇게 말하길 좋아했어요. 불행히도 그것만은 아니었지만요."

'시작이 좋군.'

몬탈바노는 생각하며 물었다.

"좀 나아지셨습니까, 부인?"

"언제보다 나아졌냐는 거죠?"

몬탈바노는 당황했다. 마치 자신에게 어려운 질문을 던지는 선생님 앞에 선 느낌이었다.

"저, 잘은 모르겠습니다만 오늘 아침보다…… 오늘 대성당에서 몸이 편치 않으셨다고 들었습니다만……."

"몸이 편치 않았다고요? 전 괜찮았어요. 그런 상황을 견디기에는요. 아뇨, 경위님! 저는 실신한 척했을 뿐이에요. 연기를 잘하죠. 사실은 제게 이런 생각이 들었죠. 말하자면, 한 명의 테러리스트가 성당 안에 있는 우리 모두와 함께 성당을 공중분해시킨다면 적어도 세상에 퍼져 있는 위선의 십 분의 일 정도는 우리와 함께 사라질 거라는 생각……. 그래서 그때 저를 밖으로 데리고 나가게 했어요."

미망인의 솔직함에 감탄한 몬탈바노는 뭐라 말해야 할지를 몰라 그녀가 다시 말을 잇기를 기다렸다.

"제 남편이 어디서 발견되었는지 들었을 때 경찰서장님께 전화해서 누가 사건을 담당하는지, 그리고 조사된 것들이 있는지 물었죠. 경찰서장님이 경위님 이름을 주셨지요. 당신이 정직한 분이라는 말도 덧붙이면서요. 저는 회의적이었죠. 요즘 같은 시대에 아직도 정직한 사람들이 존재할까 하면서 말이죠. 그래서 경위님께 전화를 드리게 되었어요."

"감사드릴 뿐입니다, 부인."

"하지만 우리가 서로 듣기 좋은 말이나 하자고 여기에 있는 것은 아니겠죠. 당신 시간을 뺏고 싶지 않군요. 경위님은 살인 사건이 아니라고 장담하실 수 있나요?"

"확신합니다."

"그럼 경위님이 의심하고 있는 건 무엇이죠?"

"의심이요?"

"그래요, 경위님. 당신은 의심하고 있는 게 분명해요. 그러니까 경위님이 사건의 종결을 늦추려고 하는 것이지요."

"부인, 솔직히 말하겠습니다. 그건 단지 막연한 느낌입니다. 제 자신이 허용해서도 안 되고, 또 허용할 수도 없는 어떤 느낌 때문이라는 거죠. 그러니까 자연사를 다루면서도 제가 해야 할 일은 다른 데 있다는 뜻에서 말입니다. 만일 부인이 새롭게 말씀하실 것이 없다면 저는 오늘 저녁 당장에라도 판사님과 얘기를 나누고……."

"하지만 전 새롭게 말씀드릴 것을 갖고 있는걸요."

몬탈바노는 말을 멈추었다.

"저는 경위님의 느낌이 어떤 것인지는 모릅니다."

미망인은 계속해서 말을 이어갔다.

"경위님께 제 느낌을 얘기하죠. 루파렐로는 분명 영리하고 야심에 찬 사람이었습니다. 남편이 지난 몇 년간 배후에 머물렀던 것은 어떤 목적이 있었던 거예요. 그러니까 정확한 때 스포트라이트를 받고 세상에 등장해 계속 그 상태를 유지하려고 했던 것이죠. 그러니 경위님은 그처럼 오직 앞으로 도달해야 곳만 바라보면서 참고 또 참으며 책략을 꾸미기 위해 그토록 많은 시간을 보낸 남편이 어느 날 밤 매춘부가 분명한 어떤 여자와 함께, 누구든 금방 자기를 알아볼 수 있고 또 그를 협박할 수 있는 떳떳치 못한 장소에 갈 결심을 했다는 걸 믿을 수 있나요?"

"부인, 그것이 저를 가장 당혹하게 하는 점 중의 하나입니다."

"더 당혹스럽게 해드릴까요? 제가 '매춘부'라고 얘기했는데, 창녀나 돈을 주고 살 수 있는 여자를 지적해서 말한 게 아니라는 것을 정확히 하고 싶군요. 제대로 설명드렸는지 모르겠군요. 한 가지만 말씀드리죠. 우리가 결혼하자마자 루파렐로는 제게 단 한 번도 창녀와 잠자리를 한 적이 없고 하물며 매음굴이 허가되던 때에도 그런 곳에 간 적이 없다고 고백했어요. 무언가가 그를 가로막고 있던 거예요. 그래서 그처럼 살 떨리는 곳에서 관계를 갖자고 남편을 설득시킨 여자가 대체 어떤 여자였는지 묻고 싶어지는 거예요."

몬탈바노 역시 단 한 번도 창녀와 관계를 가진 적이 없었다. 하지만 루파렐로에 대해 새롭게 폭로되는 사실들이 한 자리에 같이 있고 싶지도 않은 그런 자들과 어떠한 관련도 없기를 바랐다.

"경위님, 제 남편은 못된 짓거리를 아주 편안하게 즐길 수 있었어요. 하지만 이제껏 한 번도, 어떤 프랑스 작가가 말한 대로 하자면 '나락을 향해 떨어지는 엑스터시'에 유혹당해본 적이 없었어요. 남편은 카포 마사리아 가가 끝나는 곳에 자기 이름으로 된 집은 아니지만 작은 집 한 채를 지었고, 그곳에서 아무런 제약 없이 정부들을 만나고 있었어요. 저는 그 사실을 늘 가까이 지내는 이해심 많은 한 친구에게 들었죠."

루파렐로 부인은 일어나서 책상으로 가 서랍 하나를 붙잡고 씨름을 하더니 커다란 노란색 봉투와 열쇠 두 개가 달린 금속 고리와 확대경을 갖고 와서 앉았다. 그녀는 몬탈바노에게 열쇠를 내밀었다.

"참, 열쇠에 관해서라면 그는 마니아였어요. 열쇠를 두 개씩 카피했죠. 하나는 이 서랍에 두고 다른 하나는 항상 지니고 다녔어요. 그런데 이 두번째 열쇠들은 발견되지 않았어요."

"남편분의 주머니 속에 있지 않았습니까?"

"아니요. 건축 사무실에도 없었죠. 그리고 정당 사무실에서도 발견되지 않았어요. 사라졌죠, 감쪽같이 증발해버렸어요."

"남편이 길에서 잃어버렸을 수도 있잖습니까? 꼭 도난당했다고 생각할 필요는 없는 거죠."

"그건 불가능해요. 보세요, 남편은 여섯 개의 열쇠 꾸러미를 갖고 있었어요. 이 집 열쇠, 시골 집 열쇠, 바닷가의 집 열쇠, 사무실 열쇠, 스튜디오 열쇠, 그리고 이 작은 집의 열쇠…… 모두 자동차 글로브박스 안에 두었죠. 그때그때 필요할 때마다 꺼내곤 했어요."

"그런데 차에도 없었나요?"

"없었어요. 저는 모든 자물쇠를 바꾸도록 지시했어요. 제가 공식적으로 존재를 모르는 작은 집의 자물쇠를 제외하고는요. 만일 경위님께서 원하신다면, 거기 잠시 들르셔도 돼요. 분명히 그의 정부들에 관해 알 수 있는 것들을 찾으실 수 있을 겁니다."

미망인은 '그의 정부들'이라는 말을 두 번 반복했고 몬탈바노는 어떤 식으로든 그녀를 위로하고 싶었다.

"남편분의 정부들이 제 조사 대상에 속해 있지는 않았지만 저는 몇 가지 정보를 알아낼 수 있었습니다. 그런데 솔직히 말씀드리면, 제가 알아낸 정보는 다소 일반적인, 그러니까 어느 누구에게라도 적용될 수 있는 그런 것이었습니다."

부인은 곧 알아차렸다는 듯이 미소를 띠며 그를 바라보았다.

"저는 그것 때문에 그를 탓한 적은 없었어요, 아세요? 사실 아들이 태어난 지 2년이 지난 후부터 저와 남편은 더이상 부부로 지내지 않았어요. 그래서 저는 그를 관찰할 기회를 얻었죠. 조용하고 차분하게, 삼십 년 간 제 시선이 감정의 동요로 인해 흐릿해지는 일 없이 말이에요. 미안하지만 경위님은 이해하지 못하신 것 같군요. 왜냐면 그의 '정부들'이라고 이야기하면서 저는 그들의 성을 특별히 적시하지 않으려던 것이었거든요."

몬탈바노는 안락의자에 몸을 더 깊숙이 밀어넣으면서 어깨를 움찔했다. 쇠망치로 앞머리를 한 방 얻어맞은 듯한 느낌이었다.

"반대로 저는……"

그러면서 부인은 말을 이었다.

"제가 가장 관심이 가는 얘기로 돌아오자면, 이 사건은 범죄 행위에 의한 것이라고 확신하고 있어요. 제 말을 끝까지 들어주세요. 살인, 즉 물리적 제거가 아니라 정치 범죄라고요. 그를 죽음으로까지 몰고 간 극단적인 폭력 행위가 있었던 거예요."

"설명해주시겠습니까, 부인?"

"저는 제 남편이 어떤 압력이나 협박 때문에 그런 불명예스러운 장소에 갈 수 밖에 없었다고 확신합니다. 그들은 그들의 계획을 완전하게 실행하지는 못했지요. 왜냐하면 그의 심장이 긴장 때문에, 왜 아니겠어요, 두려움 때문에 그를 지탱해주지 못했기 때문이죠. 그는 건강이 몹시 좋지 않았어요, 아세요? 어려운 수술을 막 끝낸 후였다고요."

"하지만 그들이 어떻게 남편을 몰아붙였을까요?"

"그건 저도 몰라요. 어쩌면 경위님이 저 대신 알아낼 수도 있겠네요. 아마 그들이 남편을 함정에 빠뜨렸을 거예요. 남편은 저항할 수 없었고요. 제가 알기로는…… 그 불명예스런 장소에서 그이 사진을 찍거나 누군가를 시켜 그이를 알아보게 했을 거예요. 그러고 나면 바로 그 순간부터 제 남편은 그들의 손아귀에 들어올 테고, 그들의 손에 놀아나는 꼭두각시가 될 테니깐요."

"'그들'이 누구죠?"

"아마도 남편의 정적들이거나 아니면 사업상 동료들이겠죠."

"보세요, 부인. 부인의 추리, 아니 추측은 커다란 결점이 있습니다. 증거가 없다는 거죠."

미망인은 손에 들고 있던 노란 봉투를 열고 몇 장의 사진을 꺼냈다. 과학 수사대가 만나라에서 찍은 사체 사진들이었다.

"이런! 세상에"

몬탈바노는 순간 소름이 쫙 끼쳤다. 그는 미망인을 바라보았지만 그녀는 전혀 동요하고 있지 않았다.

"어디서 난 겁니까?"

"제겐 좋은 친구들이 있거든요. 경위님은 이것들을 보셨나요?"

"아니요."

"그렇다면 잘못하신 거예요."

그녀는 사진 한 장을 골라 확대경과 함께 몬탈바노에게 내밀었다.

"자, 이거예요. 확대해서 잘 보세요. 바지는 내려져 있고, 안쪽으로 하얀 속옷이 드러나보이죠."

몬탈바노는 온몸이 땀으로 흠뻑 젖었다. 그는 자신이 느끼고 있는 곤혹스러움 때문에 화가 났지만 아무것도 할 수가 없었다.

"이상한 점은 보이지 않는데요."

"아, 그래요? 속옷 상표는요?"

"네, 보입니다. 그런데요?"

"상표가 보여서는 안 되죠, 이런 종류의 속옷은……. 경위님이 남편 방으로 가신다면 다른 것들을 보여드리겠습니다만 뒷면에, 그러니까 안쪽에 상표가 붙어 있죠. 지금 보시는 대로 상표가 보인다는 것은 속옷이 뒤집혔다는 것을 뜻합니다. 그렇지 않다면 루파렐로가 아침에 옷을 입을 때 속옷을 뒤집어 입었고, 그러한 사실을 몰랐다는 얘기밖에 되지 않아요. 그러나 남편은 이뇨제를 복용하고 있어서 하루에도 여러 차례 화장실에 들락거려야만 하기 때문에 하루 중 어느 때라도 속옷을 제대로 입을 수 있었을 거예요. 따라서 이는 단 한 가지 사실만을 의미해요."

"어떤 사실을요?"

몬탈바노는 그녀가 눈물 한 방울 흘리지 않고 마치 그 죽은 자가 잘 모르는 사람인 것처럼 명쾌하고 냉혹하게 분석하는 것을 보고 할 말을 잃고 그렇게 물었다.

"그가 발가벗고 있었다는 거죠. 그들이 그를 불시에 덮쳐 급하게 옷을 입도록 강요했을 것이라는 추측이 가능하죠. 그리고 그랬을 만한 곳은 카포 마사리아의 집뿐입니다. 그런 이유로 경위님께 열쇠를 드린 것입니다. 다시 설명드릴게요. 이것은 제 남편이 갖고 있는 공적 이미지를 겨냥한 범죄 행위로 절반만 성공한 것입니다. 그들은 그를 아무 때고 멋대로 이용할 수 있는 그런 졸개로 만들고 싶었던 겁니다. 그가 죽지 않았다면 더 좋았겠죠. 허물을 덮어준다는 미끼로 그들이 시키는 대로 했을 테니까요. 그렇지만 한편으로 계획은 부분적으로는 성공했다고 볼 수 있어요. 왜냐하면 남편의 측근들을 새로운 지도부에서 모두 배제시킬 수 있었으니까요. 리초 변호사만이 살아남았죠. 아니 오히려 이 사건으로 인해 바라던 바를 얻었다고 봐야죠."

"어째서죠?"

"그건 경위님이 알아내셔야 할 몫이에요. 물론 원하신다면 말이죠. 아니면 경위님은 그들이 만들어놓은 물의 형태를 인정할 수도 있겠고요."

"죄송하지만 이해가 가지 않습니다."

"저는 시칠리아가 아닌 그로세토에서 태어난 사람입니다. 제 부친이 이곳의 행정 시장에 임명되어서 몬텔루사에 왔죠. 우리는 아미아타에 약간의 땅과 저택을 소유하고 있었고, 거기서 여름휴가를 보내곤 했어요. 꼬마일 때 그곳에 농부의 아들인 저보다 어린 친구가 하나 있었죠. 제가 한 열 살쯤 되었을 때 하루는 제 친구가 우물가에 사발 하나, 찻잔 하나, 찻주전자 하나, 그리고 주석으로 된 사각 상자 하나를 놓더니 그것들에 물을 가득 채운 다음 가만히 관찰하는 것을 보았어요. 저는 '뭐하니?' 라고 물었죠. 그랬더니 그 아이가 제게 대답 대신 '물은 어떤 모양일까?' 하고 질문을 하는 거예요. '물은 모양이 없잖아!' 하고 제가 웃으면서 말했죠. 그랬더니 그 아이가 '물은 담는 그릇에 따라 모양이 달라지잖아' 라고 말하더군요."

―

그 순간 서재의 문이 열렸고 천사가 나타났다.

11

　　천사, 순간적으로 몬탈바노는 천사가 아니라면 그를 어떻게 불러야 할지 몰랐다. 스무 살가량으로 보이는 그는 큰 키에 금발에다 햇볕에 검게 그을린 피부를 갖고 있었고, 젊음의 기운을 물씬 풍기는 완벽한 몸매의 청년이었다. 문간 위에 드리운 한 줄기 햇빛이 그를 한껏 비추고 있었다. 빛은 청년의 균형 있고 가지런한 남성미를 드러내는 윤곽을 한층 더 돋보이게 했다.

"들어가도 될까요, 이모?"

"그럼, 조르조, 들어와."

　젊은이는 마치 땅을 밟지 않고 바닥을 미끄러져가듯이 소파 쪽으로 가볍게 걸어갔다. 그는 방 안에 있는 물건들을 가볍게 어루만져주듯 살짝 손을 가져다대며 꾸불꾸불, 거의 나선을 그리며 다가왔다. 그러는 사이 몬탈바노는 손에 들고 있던 사진을 빨리 주머니에 집어넣으라고 눈치 주는 부인의 표정을 볼 수 있었다. 그는 시키는 대로 했다. 그러는 동안 미망인은 소파 위의 나머지 사진들을 옆에 놓았던 노란 봉투에 황급히 집어넣었다. 젊은이가 곁을 지나갈 때 몬탈바노는 그의 눈이 빨갛게 충혈된 것을 보았는데, 울어서 부어오른 눈 밑은 거뭇해져 있었다.

"좀 어떠세요, 이모?"

청년은 노래하는 듯한 목소리로 미망인의 무릎에 머리를 기대며 우아하게 무릎을 꿇으며 물었다. 몬탈바노는 어디에서 보았는지는 기억나지 않았지만 언젠가 한 번 보았던 그림 한 점이 마치 탐조등이라도 비춘 양 섬광을 발하며 떠올랐다. 젊은 청년을 받아들이고 있는 자세와 정확히 똑같은 자세로 레브리에레 종 사냥개 한 마리와 함께 있는 어느 영국 부인의 초상화였다.

"얘가 조르조예요"

부인이 말했다.

"조르조 지카리로 형법 학자인 에르네스토 지카리와 결혼한 제 여동생 엘리사의 아들이죠. 아마 경위님도 제부를 아실지 모르겠네요"

이야기를 하는 동안 부인은 조카의 머리카락을 쓰다듬고 있었다. 조르조는 그녀가 하는 말을 듣고 있는 것 같지 않았다. 격심한 고통으로 견디기 힘들어 하는 모습이 역력해 보였으며 몬탈바노 쪽으로 몸을 돌리려고도 하지 않았다. 게다가 부인은 몬탈바노가 누구이며, 지금 집에 무엇 때문에 왔는지를 조카에게 일부러 말해 주지 않았다.

"어젯밤에는 좀 잤니?"

조르조는 대답 대신 머리를 가로저었다.

"그럼 이렇게 해라. 집에 카푸아노 박사님 오신 것 봤니? 박사님께 가서 좀 강한 수면제를 처방해달라고 해서 잠자리에 들거라."

조르조는 입을 열지 않은 채 물 흐르듯이 가볍게 일어나서 그의 독특한, 나선을 그리는 걸음걸이로 가볍게 문 저편으로 사라져버렸다.

"그의 무례를 용서하세요."

부인이 말했다.

"조르조는 의심의 여지없이 제 남편의 죽음으로 가장 고통받았고 지금도 고통스러워하고 있는 사람입니다. 들어보세요, 저는 제 아들이 공부하기를 바랐고, 시칠리아에서 멀리 떨어져 아버지로부터 독립할 수 있는 자리를 찾기를 바랐어요. 제가 그렇게 하려던 이유를 어쩌면 경위님은 이미 간파하셨을지도 모르겠군요. 그래서 남편은 아들인 스테파노의 빈자리를 대신해 조카에게 모든 애정을 쏟아 부었는데, 거의 맹목적인 지경에까지 이르게 되었죠. 심지어 조르조는 저희와 살려고 이리로 옮겨오기까지 했어요. 덕분에 제 여동생과 제부는 아들에게 버려진 것같이 느껴져 낭패감을 맛보야 했고요."

미망인이 일어섰고, 몬탈바노도 따라 일어났다.

"경위님, 저는 경위님께 제가 알고 있는 모든 것을 말씀드렸어요. 저는 제가 이야기한 분이 정직한 사람이라는 것을 알아요. 뭔가 새로운 사실이나 의혹이 있으면 언제든, 밤낮을 개의치 마시고 아무 때나 망설이지 말고 연락해주세요. 저는 흔히 말하는 '강한 여자'이니 걱정하지 마시고요. 어쨌든 조심해서 양심껏 처리해주실 것을 부탁드립니다."

"조금 전부터 저를 괴롭히는 궁금한 점 하나가 있습니다, 부인. 어째서 부인께서는 부군께서 집에 돌아오지 않은 사실이 알려지는 것에 대해 걱정하지 않으셨는지……. 다시 설명드리자면, 그날 밤 부군께서 집에 들어오지 않으셔서 걱정되지 않으셨습니까? 그런 일이 전에도 있었나요?"

"네, 그래요. 그렇지만 말이죠, 일요일 저녁엔 그이가 제게 전화를 했어요."

"어디서요?"

"그건 알 수 없어요. 아주 늦을 거라고 했어요. 중요한 모임이 있을 거라면서 밖에서 밤을 새워야 할지도 모른다고까지 했죠."

미망인은 손을 내밀었고, 몬탈바노는 얼떨결에 두 손으로 그녀가 내민 손을 잡고 입맞춤을 했다.

몬탈바노는 저택에 들어갈 때처럼 나올 때 역시 뒷문으로 나왔다. 그는 얼마 떨어지지 않은 곳에서 돌 벤치에 앉아 허리를 구부리고 심하게 몸을 떨고 있는 조르조를 발견했다.

걱정이 된 몬탈바노는 그에게 다가갔다. 누런 봉투와 사진들이 땅에 흩어져 있는 것을 보았다. 분명 이모 곁에 있을 때 호기심 많은 고양이처럼 그것들을 손에 넣었을 것이다.

"몸이 안 좋은가요?"

"그런 게 아니에요. 오, 하느님…… 그런 게 아니에요."

조르조는 목이 메이는 듯한 목소리로 말했다. 눈은 초점을 잃어 몬탈바노가 자기 곁에 서 있는 것조차 알아차리지 못했다. 이윽고 갑자기 굳어진 그의 몸이 등받이가 없는 벤치 뒤로 넘어갔다.

몬탈바노는 얼른 다가가 조르조 옆에 무릎을 꿇고, 경련으로 심하게 몸을 떨며 입가에 하얀 거품을 물고 있는 그를 어떻게든 움직여보려 했다.

스테파노 루파렐로가 빌라 문 앞에 나와 주위를 둘러보다가 그 광경을 목격하고는 달려왔다.

"경위님께 인사를 드리려고 나오던 중이었습니다. 무슨 일이죠?"

"일종의 간질 발작인 것 같군요."

그들은 조르조가 심한 발작으로 인해 혀를 깨물거나 머리를 이리저리 흔들어 땅에 부딪치지 못하도록 안간힘을 썼다. 얼마 후 그는 진정되었고, 경련도 잦아들었다.

"조르조를 안으로 데려가도록 도와주시겠습니까?"

스테파노가 말했다.

몬탈바노에게 문을 열어주었던 하녀는 스테파노가 부르자마자 곧 달려왔다.

"어머니께서 이 상태에 있는 조르조를 보시지 않았으면 좋겠는데."

"제 방으로요."

젊은 하녀가 말했다.

그들은 조르조를 힘겹게 부축하여 몬탈바노가 처음에 지나갔던 곳이 아닌 다른 쪽 복도를 지나갔다. 몬탈바노는 조르조의 겨드랑이 밑을 받쳤고, 스테파노는 다리를 받쳐 들고 있었다. 그들이 하인들이 기거하는 건물 측면에 있는 부속 건물에 도착하자 하녀가 문을 열었다. 그들은 숨을 헐떡이며 조르조를 침대에 눕혔다. 그는 깊은 잠에 빠져 있는 것처럼 보였다.

"옷 벗기는 것을 도와주십시오."

스테파노가 말했다.

몬탈바노는 사각 팬티와 러닝셔츠만 남기고 전부 벗겼을 때에야 비로소 그의 목 아랫부분부터 턱 밑까지 너무나 희고 투명한 피부가 햇볕에 그을린 얼굴, 가슴과 완벽한 대조를 이루고 있는 것을 알았다.

"왜 이곳은 햇볕에 타지 않았는지 아십니까?"

몬탈바노가 스테파노에게 물었다.

"모르겠습니다. 저는 몇 달간 집을 떠났다가 월요일 오후에야 겨우 몬텔루사에 돌아왔는걸요."

"저는 알고 있어요."

하녀가 끼어들었다.

"도련님은 상처를 입으셨어요. 자동차 사고를 당하셨거든요. 머리 붕대를 푼 지 일 주일도 되지 않았어요."

"이 젊은이가 몸이 좀 나아지고 이야기할 수 있는 상태로 돌아오거든 내일 아침 열 시경 비가타에 있는 내 사무실에 잠시 들르라고 전해주십시오."

몬텔바노는 스테파노에게 말했다.

그는 벤치로 돌아와 스테파노가 미처 보지 못했던 봉투와 사진들을 집어 주머니에 넣었다.

산 필립포는 카포 마사리아의 굴곡부로부터 약 100미터가량 떨어져 있었다. 몬탈바노 경위는 루파렐로 부인이 말했던 곳까지 갔지만 거기에 솟아 있어야 할 작은 집은 보이지 않았다. 그는 다시 시동을 걸고 천천히 차를 몰았다. 산 정상까지 올라가서야 키가 작고 울창한 나무들 사이로 간선에서 벗어나 있는 오솔길을 발견했

다. 그쪽 길로 들어서자 얼마 지나지 않아 철문이 좁은 길을 가로막고 있는 것을 볼 수 있었다. 이 철문은 바다 쪽으로 돌출해 있는 곶 부분을 차단하고 있는 긴 돌담에 나 있는 유일한 출구였다.

열쇠는 딱 맞았다. 철문 밖에 자동차를 세워둔 몬탈바노는 석회석을 박아 만든 정원 중앙에 난 좁은 길을 따라 걸어갔다. 길 끝에서 역시 석회석으로 만든 몇 단 안 되는 계단을 내려가자 테라스로 통하는 길이 나왔다. 이 집의 문은 이 테라스에서 열게 되어 있었다. 이 문은 산속의 은신처들처럼 독수리 둥지 모양으로 만들어졌기 때문에 육지 쪽에서는 보이지 않게 되어 있었다.

거실로 들어가자 마치 바다를 마주보고 있는, 아니 실로 바다 위에 떠 있는 듯한 느낌이 들었다. 전면이 유리창으로 되어 있어 배의 조타실에 들어가 있는 것 같았다. 거실은 완벽하게 정돈되어 있었다. 한쪽 구석에는 식탁과 네 개의 의자가 있었고, 소파와 두 개의 안락의자는 창을 향해 놓여 있었다. 잔과 접시들과 포도주 병과 술병들로 가득 찬 19세기풍 장식장, 그리고 비디오 재생기가 딸린 텔레비전이 있었다.

낮고 작은 테이블에는 포르노와 일반 테이프들이 구분되어 정돈되어 있었다. 거실에는 세 개의 문이 있었는데, 첫번째 문은 잘 정리 정돈된 깨끗한 부엌으로 들어가는 문이었다. 부엌 안의 선반 위에는 먹을 것이 가득했고, 냉장고는 샴페인과 보드카 약간을 제외하고는 거의 비어 있었다. 욕실은 꽤 넓었는데, 소독약 냄새가 났다. 거울 아래의 선반에는 전기면도기 하나, 여러 병의 방취제들, 그리고 향수병 하나가 놓여 있었다. 침실에도 역시 넓은 창문이 바다 쪽으로 나 있었다. 깨끗하게 세탁된 침대 시트가 덮인 더블 침대 양옆으로 테이블이 하나씩 놓여 있었고, 그중 한 테이블 위에는 전화기가 놓여 있었다. 그리고 문이 세 개 달린 옷장이 있었다. 침대 머리맡 벽에는 에밀리오 그레코의 육감적인 나체화가 걸려 있었다. 몬탈바노는 전화기가 놓여 있는 테이블의 서랍을 열었다. 루파렐로는 분명 평상시에 침대의 이쪽에서 잤던 게 틀림없었다. 콘돔 세 개, 볼펜 한 자루, 흰색 메모지철 등이 있었다. 서랍 맨 밑에서 장전된 오르테가 7.65식 권총이 있는 것을 보고 그는 흠칫 놀랐다. 반대쪽 테이블의 서랍은 비어 있었다. 옷장의 왼쪽 문을 열자 남성복이 두 벌 있었다. 제일 위 서랍에는 와이셔츠 한 벌, 팬티 석 장, 손수건 몇 장, 러닝셔츠 한 장이 있었다. 그는 팬티를 살펴보았다. 부인이 옳았다. 상표는 안의 뒷쪽에 붙어 있었다. 제일 아래 서랍에는 모카 신 한 켤레와 실내화 한 켤레가 있었다. 가운데 문은 거울로 완전히 덮여 있어서 침대가 비쳤다. 이 칸은 세 칸으로 나누어져 있었다. 가장 위쪽 칸과 중간 칸에는 모자들, 선정적인 국내외 잡지들, 자위용 기구인 바이브레이터 하나, 여벌의 침대 시트, 베갯잇이 너저분하게 있었다. 맨 아래 칸에는 각각의 받침대에 씌워진 여성 가발이 세 개 있었는데, 하나는 갈색, 하나는 금발, 하나는 빨간색이었다. 아마도 루파렐로가 성적인 놀이에 썼던 것이리

라. 몬탈바노가 가장 놀란 것은 오른쪽 문을 열었을 때였다. 아주 우아한 여성복 두 벌이 옷걸이에 걸려 있었기 때문이다. 청바지 두 벌과 셔츠도 몇 장 있었다. 서랍에는 미니 사이즈의 팬티들도 있었지만 브래지어는 하나도 없었다. 다른 서랍은 비어 있었다. 이 두 번째 서랍을 좀더 자세히 조사하기 위해 무릎을 굽혔다. 몬탈바노는 자신을 그토록 놀라게 했던 것이 무엇인지 알았다. 그건 여성복 때문이 아니라 그 옷들에서 풍기는 향수 냄새 때문이었다. 조금 약했을 뿐 그것은 그가 폐쇄된 옛 공장에서 가죽으로 만든 주머니 형태의 가방을 막 열었을 때 느꼈던 냄새와 동일했다.

다른 것은 더 볼 것이 없었다. 그는 혹시나 해서 가구 밑을 보려고 몸을 구부렸다. 넥타이 하나가 침대 뒤쪽 다리들 중 하나에 묶여 있었다. 몬탈바노는 셔츠의 목 부분이 풀어헤쳐진 채로 발견된 루파렐로를 떠올리면서 그것을 집어 들었다. 주머니에서 사진들을 꺼내놓은 그는 색상으로 보아 루파렐로가 사망 당시 입고 있던 셔츠와 아주 잘 어울렸을 거라고 생각했다.

경찰서에 도착한 몬탈바노는 제르마니와 갈루초가 흥분해 있는 것을 보았다.

"파지오 경사는?"

"파지오는 다른 사람들과 함께 주유소에 있습니다. 마리넬라로 가는 길에 있는 주유소 말입니다. 총격 사건이 있었거든요."

"나도 곧 가지. 나한테 온 것 없나?"

"있습니다. 소포가 하나 왔는데, 자코무치 박사님이 보내신 겁니다."

몬탈바노는 소포를 열었다. 목걸이였다. 몬탈바노는 목걸이를 다시 포장했다.

"제르마나, 자넨 나와 함께 주유소로 가세. 나를 그곳에 내려주고 내 차로 몬텔루사로 가게나. 자네가 뭘 해야 하는지는 가면서 말해줌세."

몬탈바노는 자신의 방에 들어가 리초 변호사에게 전화를 걸어 부하 중의 하나가 목걸이를 배달 중에 있다는 것을 알리고 목걸이를 전달한 형사에게 천만 리라짜리 수표를 전해 달라고 덧붙였다.

총격 사건이 있던 장소로 가는 동안 경위는 제르마나에게 수표를 손에 넣기 전까지는 리초에게 소포를 주어서는 안 된다고 설명했고, 그 수표를 사로에게 전해주어야 한다며 주소를 가르쳐주었다. 그리고 내일 아침 여덟 시에 은행 문이 열리자마자 수표를 현금으로 바꿀 것을 당부했다. 몬탈바노는 왜 그런지는 차마 말할 수 없었다. 그것이 커다란 불쾌감을 주었지만 루파렐로 사건이 결말을 향해 급진전되고 있다고 느꼈다.

"그러고 나서 경위님을 모시러 주유소로 돌아올까요?"

"아니, 경찰서에 있게나. 나는 순찰차를 타고 돌아올 테니."

경찰차와 일반 차량 한 대가 주유소로 들어가는 길을 막고 있었다. 제르마나는 몬텔루사를 향해 출발했다. 차에서 내린 몬탈바노는 짙게 풍기는 휘발유 냄새에 질식할 정도였다.

"발밑을 조심하세요!"

파지오가 그에게 소리쳤다.

휘발유가 진흙탕을 이루고 있었고, 몬탈바노는 거기서 뿜어져 나오는 가스로 인해 속이 울렁거리며 가벼운 현기증을 느꼈다. 주유기 앞에 앞유리가 깨진 팔레르모 번호판을 단 승용차가 한 대 있었다.

"사상자가 있어요. 운전석에 있던 자입니다."

파지오가 말했다.

"구급차에 실려 갔어요."

"중태인가?"

"아닙니다. 찰과상이에요. 하지만 몹시 놀랐더군요."

"정확히 무슨 일이 있었던 거야?"

"반장님께서 직접 주유소 지원괴 이야기하고 싶다면······."

몬탈바노의 질문에 어찌나 날카로운 음성으로 대답했는지 마치 손톱으로 유리 위를 긁는 소리 같은 느낌이었다. 사건의 정황은 대략 다음과 같았다. 승용차 한 대가 멈추고, 안에 타고 있던 사람이 기름을 가득 채워 달라고 요구했고, 직원은 주유구에 펌프를 밀어 넣어 자동으로 주유되도록 놔두었다. 다른 승용차가 도착해 삼만 리라어치 가솔린을 채워 달라고 주문하면서 윤활유 양을 한번 봐 달라고 요구했기 때문이다. 하지만 주유소 직원이 두번째 손님에게 주유 서비스를 하려고 하자마자 도로를 달리던 차량이 기관총으로 연발 사격을 가한 후 이내 속도를 내며 다른 자동차들 사이로 사라져 버렸다. 먼저 주유를 받고 있던 차에 타고 있던 운전자는 즉각 그 차를 따라갔고, 노즐이 차에서 떨어지면서 계속 기름이 흘러나왔다. 두번째 자동차 운전자는 총알이 어깨에 스쳐 미친 사람마냥 소리를 질러댔다. 주위가 잠잠해지고 더이상 위험하지 않다는 것을 확인한 주유소 직원은 부상자에게 달려갔고, 그러는 사이 사방에서 기름이 계속해서 새어나왔다.

"자네, 첫번째 승용차에 있던, 그러니까 뒤따라갔던 차에 탄 자의 얼굴을 보았나?"

"못 보았습니다, 경위님."

"확실해?"

"예, 정말 못 봤습니다."

그러는 동안 파지오 경사가 연락한 소방관들이 도착했다.

"이렇게 하세."

몬탈바노는 파지오에게 말했다.

"소방관들이 정리하는 대로 내가 전혀 납득할 수 없는 저 주유소 직원을 경찰서로 데리고 가서 그를 세게 족쳐보도록. 그자는 적어도 총을 발사했던 놈들이 쏘려고 했던 남자를 아주 잘 알고 있을 테니 말이야."

"저도 그렇게 생각합니다."

"그런데 자네, 그자가 쿠파로 파 똘마니들 중의 하나라는 것에 얼마를 걸겠나? 이번 달은 내가 보기에 그들 차례인 것 같은데……."

"벼룩의 간을 드시지요."

파지오 경사가 웃으며 말했다.

"반장님이 벌써 이기신 거나 마찬가지인데요, 뭘."

"이따 보자고."

"그런데, 어디로 가시는 겁니까? 순찰차로 모셔다 드릴까요?"

"집에 가서 옷을 갈아입어야겠어. 여기서 한 이십 분만 걸어가면 돼. 바람 좀 쐬는 편이 좋을 것 같아."

몬탈바노는 걷기 시작했다. 잉그리드 쇼스트롬 앞에 마치 잡지에서 튀어나온 듯한 최신 유행의 옷을 입은 모습으로 나타나기는 싫었다.

12

몬탈바노는 샤워를 마치자마자 옷을 입지도 않고 물기가 남아 있는 몸으로 텔레비전 앞에 앉았다. 텔레비전에서는 그날 아침에 있었던 루파렐로의 장례식 모습을 보여주고 있었다. 카메라맨은 미망인, 아들 스테파노, 조카 조르조, 오직 세 명의 상주가 이 장례식에 일종의 극적인 느낌을 부여할 수 있는 사람이라는 것을 간파한 것 같았다. 그들이 아니었다면 다른 많은 지루한 공식 행사들 중 하나와 비슷했을 것이라고 생각했던 것 같다. 그러나 미망인은 가끔 무의식적으로 '아니다'라고 말하는 것처럼 신경질적으로 머리를 흔들곤 했다. 해설자는 나지막하게 슬픔에 가득 찬 목소리로 이 '아니'라는 표시를 죽음이라는 구체적 현실을 비합리적으로 부정하는 한 인간의 분명한 몸짓으로 설명하고 있었다. 하지만 카메라맨이 그녀의 시선을 줌으로 잡고 있는 동안 몬탈바노는 미망인이 이미 그에게 털어놓았던 것을 확인할 수 있었다. 그녀의 눈에는 냉소와 지루함만이 있을 뿐이었다. 아나운서는 스테파노가(루파렐로의 아들이) '슬픔으로 몸이 굳어 있는 것 같다'고 말했다. 하지만 몬탈바노는 미망인 곁에 앉아 있는 아들 스테파노를 보며 거의 무관심해보일 정도로 침착했기 때문에 몸이 굳어 있을 뿐임을 알 수 있었다. 반대로 조르조는 얼굴이 창백해져서는 바람에 흔들리는 나무처럼 몸을 떨었고, 계속해서 눈물에 젖은 손수건을 뺨으로 가져갔다.

전화벨이 울렸다. 몬탈바노는 텔레비전에서 눈을 떼지 않은 채 전화를 받으러 갔다.

"반장님, 제르마나입니다. 명령하신 일을 모두 잘 처리했습니다. 리초 변호사가 반장님께 감사하다고 하면서 보답할 방법을 찾으시겠다고 말씀하시던데요."

'누군가의 호의에 이러한 방식으로 보답한다면 빚쟁이들과 사건 의뢰인들은 기꺼이 변호사 없이도 지낼 것이다.'

몬탈바노는 이렇게 숭얼거렸다.

"그리고 사로에게 다녀왔습니다. 그에게 수표를 건네주었죠. 그런데 사로와 그의 아내를 설득시키느라 조금 애를 먹었습니다. 두 사람은 수표에 대해 전혀 믿으려고 하지 않았거든요. 자신들을 골

탕 먹이는 함정 같은 거라고 생각하더군요. 제가 경위님 대신 모든 것을 설명해주었는데, 하느님이 도와주신 거라는 투로 이야기했죠, 뭐. 설명을 듣고 난 뒤에는 제 손에 입을 맞추면서 고맙다고 했습니다. 자동차는 경찰서에 갖다놓았습니다. 어떻게 할까요, 댁으로 가져갈까요?"

몬탈바노는 시계를 보았다. 잉그리드와 만나기까지 한 시간이 좀 넘게 남아 있었다.

"좋아, 하지만 서두를 필요는 없네. 아홉 시 삼십 분에 자네가 여기 오는 것으로 하지. 그러면 내가 다시 자네를 시내까지 데려다줄게."

몬탈바노는 미망인이 기절하는 척하는 순간을 놓치고 싶지 않았다. 그는 속임수를 부리는 마술사 앞의 관객이 된 느낌이었다. 따라서 마술사를 보며 더이상 놀라움이 아닌 그 속임수의 솜씨를 즐기고 있는 셈이 되었다. 그와는 반대로 카메라맨은 두번째 열에 있던 장관에서부터 가족들에 이르기까지 재빠르게 카메라로 한 번 훑긴 했지만 그 순간은 그대로 놓치고 말았다. 이미 스테파노와 다른 두 사람이 부인을 밖으로 데리고 나가고 있었고, 조르조는 자리에 남아 여전히 몸을 떨고 있었다.

몬탈바노는 경찰서 앞에 제르마나를 내려주고 가려다 말고 그와 함께 내렸다. 그는 몬텔루사에서 돌아오던 파지오를 만날 수 있었다. 파지오는 부상자가 마침내 안정을 찾았다고 말했다. 파지오 경사는 부상자가 밀라노 사람인데 가전제품 대리점 사장이며 3개월에 한 번씩 비행기로 팔레르모에 와서 자동차를 렌트해 돌아다니곤 한다고 몬탈바노에게 설명했다. 그가 주유소에 도착했을 때 다음 방문할 대리점의 주소를 확인하려고 종이 한 장을 꺼내는 순간 총성이 들렸고 곧 어깨에 심한 통증을 느꼈다고 했다. 파지오는 그의 이야기를 믿는 듯했다.

"반장님, 밀라노에 돌아가면 그자는 시칠리아를 북부에서 떼어내려는 분리주의 운동에 합류할 거예요."

"그럼 주유소 직원은?"

"주유소 직원은 그와는 다른 문제입니다. 지금 지알롬바르도가 그자를 다루고 있습니다. 반장님도 지알롬바르도가 어떤 친군지 잘 아실 겁니다. 그와 몇 시간만 얘기를 나누고 나면, 마치 예전부터 잘 알고 있던 사람 마냥 수다를 떨게 되고 신부님께 고해성사할 때도 말하지 않을 비밀들을 말해버렸다는 것을 깨닫게 될 테니까요."

불은 꺼져 있었고, 입구의 유리문도 굳게 닫혀 있었다. 몬탈바노는 하필이면 마리넬라 바가 문을 닫는 날을 택했던 것이다. 그는 차를 주차시키고 기다렸다. 얼마 후 가자미처럼 날렵한 빨간색 2인승 스포츠카가 도착했다. 잉그리드가 차 문을 열고 내렸다. 희미한 가로등 불빛 아래라고 해도 몬탈바노는 그녀가 자신이 상상했던 것보다 훨씬 더 매력적이라고 생각했다. 그녀는 긴 다리를 감싸는 꼭 달라붙는 진에 흰 셔츠를 입고 있었는데, 셔츠의 소매를 걷어올리고 목 부분은 풀어 헤쳤다. 샌들을 신었으며, 머리카락을 땋아 묶은 게 목덜미까지 내려왔다. 정말이지 잡지 표지에 나올 만큼 멋진 여자였다. 불이 꺼진 것을 발견하고 잉그리드는 주위를 살펴보았다. 이윽고 천천히 몬탈바노의 자동차를 향해 걸어왔다. 그녀는 열린 차창 사이로 그와 이야기를 하기 위해 몸을 숙였다.

"이봐, 내가 맞았지? 이제 어디로 가지, 당신 집으로?"

"아닙니다."

몬탈바노는 언짢아하며 말했다.

"차에 타십시오."

여자는 그의 말에 따랐다. 자동차 안은 순식간에 향수 냄새로 진동했다. 몬탈바노는 이미 이 냄새를 잘 알고 있었다.

"이제 어디로 가지?"

여자가 되풀이했다. 이제는 더이상 장난이나 농담 같은 것을 하지도 않았다. 그녀는 직감으로 이 남자가 신경질이 나 있다는 것을 알아챘던 것이다.

"시간 좀 있습니까?"

"필요한 만큼은."

"당신이 집처럼 편안하게 느낄 수 있는 장소로 갑시다. 당신은 이미 그곳에 갔었으니 말이오, 가보면 알게 될 겁니다."

"그럼 내 차는?"

"나중에 다시 가지러 옵시다."

두 사람은 떠났고 잠시 침묵이 흐른 뒤 잉그리드가 몬탈바노를 만나자마자 했어야 할 질문을 던졌다.

"뭐 때문에 나를 보자고 한 거지?"

몬탈바노는 그녀에게 차에 타라고 말하면서 들었던 생각에 대해 곰곰이 생각해보는 중이었다. 정말 형사다운 생각이었다. 하지만 그는 어쩔 수 없는 형사일 뿐이었다.

"몇 가지 물어볼 것이 있어서 만나자고 한 것입니다. 카르다모네 부인."

"'카르다모네 부인'이라고? 이봐요, 경위님, 나는 누구에게든 반말을 해. 당신이 내게 존댓말을 쓰면 나를 어색하게 만드는 거야. 이름이 뭐지?"

"살보. 리초 변호사가 우리가 목걸이를 찾았다고 당신에게 말했나?"

"무슨 목걸이?"

"무슨이라니? 다이아몬드가 박힌 하트 목걸이 말이야."

"아니, 나한테 말하지 않았는데. 그리고 나는 그와 아무 관계도 없어. 분명 그는 남편에게 말했을 거야."

"이거, 호기심이 발동하는군. 한번 말해봐, 당신은 보석을 잃어버렸다가 다시 찾는 것이 습관이야?"

"왜?"

"왜라니, 나는 당신에게 우리가 수천만 리라짜리 목걸이를 찾았다고 얘기하는 거야. 그런데 당신은 눈썹 하나 까딱 않고 있잖아?"

잉그리드는 숨을 고르며 낮은 목소리로 웃었다.

"사실 난 보석들을 좋아하지 않아. 이거 보여?"

그녀는 그에게 손을 보여주었다.

"난 반지를 끼지 않아, 결혼반지조차도."

"어디서 목걸이를 잃어버렸지?"

잉그리드는 바로 대답하지 않았다.

'준비한 말을 떠올리는 중이군.' 몬탈바노는 생각했다.

곧 여자가 말하기 시작했다. 마치 교과서를 읽듯이. 그녀가 외국인이라는 사실도 거짓말을 하는 데는 도움이 되지 못했다.

"나는 그 만나나라는 곳을 보고 싶어 했어……."

"만나라!"

몬탈바노가 틀린 단어를 고쳐주었다.

"……그곳에 대해 너무나 많이 들었거든. 남편에게 그곳에 데려가 달라고 졸랐지. 만나라에 도착해서 차에서 내려 조금 걸었는데…… 거의 폭행당할 뻔했어. 나는 깜짝 놀랐고, 남편이 그들과 싸울까봐 겁이 났지. 그래서 우린 그곳을 떠나 집으로 돌아왔어. 집에 돌아와서 목걸이가 없어진 것을 알았지."

"그날 저녁엔 어째서 목걸이를 하고 있었지? 보석을 좋아하지 않는다면서 말이야. 내가 보기엔 만나라에 하고 가기엔 하나도 어울리지 않는데."

잉그리드는 우물거렸다.

"……그날 오후 그 목걸이를 보고 싶어 하는 친구가 있었거든……. 그래서 걸고 있었어."

"이봐."

몬탈바노는 말했다.

"말해두겠는데, 비록 내가 경위이긴 하지만 지금은 비공식적인 입장에서 당신과 얘기하고 있는 거야, 알겠어?"

"아니. '비공식적'이란 말이 무슨 뜻이지? 무슨 뜻이야?"

"당신이 내게 말하는 것은 당신과 나만 알게 될 거라는 뜻이지. 어째서 당신 남편은 변호사로 리초를 선택한 거지?"

"그럼 안 되는 거였어?"

"안 되지, 적어도 논리적으로는 말이야. 리초는 루파렐로의 오른

팔이었고, 당신 시아버지의 최대 정적이었거든. 그건 그렇고, 루파렐로를 알고 있었나?"

"안면은 있었어. 리초는 처음부터 자코모의 변호사였어. 그리고 나는 정치의 '정' 자도 몰라."

잉그리드는 팔베개를 한 채 몸을 쭉 폈다.

"점점 지루해지는데? 기분이 별로 좋지 않아. 형사와의 만남은 더 흥미로울 거라고 생각했거든. 우리가 어디로 가고 있는지 알 수 있을까? 아직 멀었어?"

"거의 다 왔어."

몬탈바노가 말했다.

―

산 필립포의 굴곡부를 지나자마자 여자가 신경을 곤두세웠다. 그녀는 두세 번 눈꼬리를 쳐들어 몬탈바노를 보더니 중얼거렸다.

"이봐, 이곳 근처에는 바나 카페가 없잖아?"

"알고 있어."

몬탈바노는 속도를 줄였다. 그는 잉그리드가 앉아 있는 좌석 뒷자리에 놓아두었던 가죽 가방을 집었다.

"당신이 물건을 하나 확인해주었으면 해."

그는 그것을 그녀의 무릎 위에 놓았다. 여자는 그것을 보자 몹시 놀랬다.

"어떻게…… 당신이 이걸 갖고 있지?"

"당신 거야?"

"내 것이고말고. 봐, 내 이름의 이니셜이 있잖아?"

그녀는 알파벳 두 글자가 없는 것을 보고는 더욱 아연실색했다.

"떨어졌겠지."

작은 소리로 말했지만 납득이 가지 않는 듯했다. 그녀는 대답 없는 질문의 미궁 속으로 빠져들고 있었다. 이제 분명 무언가가 걱정되기 시작한 모양이었다.

"당신 이름의 이니셜은 아직도 남아 있어. 여기가 좀 어두워서 그걸 볼 수 없을 뿐이지. 누군가 이니셜 글자를 떼어버렸지만 가죽 위에 자국은 남아 있지."

"대체 누가 그걸 떼었을까? 그리고 왜?"

그녀의 목소리에서는 근심이 배어 나왔다. 대답하지 않았지만 몬탈바노는 그들이 왜 그것을 떼었는지 잘 알고 있었다. 잉그리드가 그 가방이 누구 것인지 알지 못하게 하려 했던 것처럼 보이게 하기 위해서였다. 그들은 카포 마사리아로 들어가는 오솔길에 들어섰다. 곧장 달려가려는 듯 액셀레이터를 밟고 있던 몬탈바노는 그 길로 들어서면서 난폭하게 방향을 바꾸었다. 잉그리드는 순간 아무 말 없이 차 문을 열고는 달리는 차에서 재빠르게 뛰어내려 나무들 사이로 도망치기 시작했다. 욕설을 퍼부으며 브레이크를 밟은 몬탈바노는 차에서 잽싸게 내려서 그녀를 따라가기 시작했다.

잠시 후 그녀를 결코 잡을 수 없다는 생각이 들자 그는 망설이며 멈춰 섰다. 바로 그때 그녀가 넘어지는 것을 보았다. 그가 가까이 갔는데도 아직 일어서지 못하고 있었다. 잉그리드는 스웨덴어로 혼잣말을 하며 두려움과 분노를 표출하고 있었다.

"제기랄!"

그녀는 계속해서 오른쪽 발목을 문지르며 말했다.

"일어나, 그리고 더이상 바보짓은 그만두시지."

그녀는 간신히 일어나 그녀를 도와주기는커녕 꿈적도 하지 않고 서 있는 몬탈바노에게 기대었다.

철문은 쉽게 열렸지만 현관문은 꼼짝도 하지 않았다.

"내가 할게."

잉그리드가 말했다. 그녀는 아무런 저항 없이 체념한 듯 그의 뒤를 따랐다. 하지만 자신을 방어할 나름의 계획은 세우고 있었다.

"이 안에서는 아무것도 찾지 못할 거야."

잉그리드는 문턱에서 도전적으로 말했다.

잉그리드는 자신만만하게 불을 켰지만 비디오테이프들과 완벽하게 가구가 배치된 방을 보고는 놀라움을 금치 못했다. 그녀의 이맛살은 곧 찌푸려졌다.

"그들 말로는……."

잉그리드는 하던 말을 멈추고 더이상 이야기하려고 하지 않았다. 그녀는 어깨를 으쓱하고는 몬탈바노의 다음 움직임을 기다리면서 그를 쳐다보았다.

"침실로."

몬탈바노 경위가 말했다.

잉그리드는 입을 열고서 뭐라고 빈정대려다가 차마 용기가 나지 않았다. 그녀는 방향을 돌려 절뚝거리면서 다른 방으로 들어가 불을 켰다. 하지만 이번에는 놀라지 않았다. 모든 것이 정돈되어 있을 거라 예상했던 것이다. 잉그리드는 침대 발치에 앉았다. 몬탈바노는 옷장의 왼쪽 문을 열었다.

"이 옷들이 누구 건지 알아?"

"실비오, 그러니까 루파렐로의 것이겠지."

그는 중간 문을 열었다.

"이 가발들은 당신 거야?"

"난 한 번도 가발을 쓴 적이 없어."

몬탈바노가 오른쪽 문을 열었을 때 잉그리드는 눈을 감았다.

"이봐, 그런다고 문제가 해결되는 건 아니야. 당신 거야?"

"응, 그렇지만……"

"그렇지만 이것은 이제 더이상 여기 있으면 안 되는 것인데."

몬탈바노가 그녀를 대신해서 결론을 지었다.

잉그리드가 깜짝 놀랐다.

"어떻게 알았어? 누가 당신에게 말했지?"

"아무도 내게 말하지 않았어. 나 혼자 알아낸 거지. 난 형사야, 잊지마. 그 가방도 이 옷장 속에 있었나?"

잉그리드는 고개를 끄덕였다.

"그럼 당신이 잃어버렸다고 했던 그 목걸이는 어디에 있었지?"

"가방 안에. 언젠가 그 목걸이를 걸고 나갈 일이 있었어. 그런 다음 여기 와서 두고 갔어."

잉그리드는 말을 멈추고 몬탈바노의 눈을 오랫동안 바라보았다.

"이게 다 뭘 뜻하는 거지?"

"다른 방으로 가지."

잉그리드는 찬장에서 컵을 하나 꺼내 위스키를 스트레이트로 반쯤 따르고 단 한 모금에 들이마셨다. 그리고 다시 잔을 채웠다.

"당신도 마실래?"

몬탈바노는 거절했다. 그는 소파 위에 앉아 바다를 바라보고 있었다. 유리창 저편에 있는 바다를 보기에는 불빛이 많이 어두웠다. 잉그리드가 그의 곁에 와 앉았다.

"난 정말 좋은 때에 여기 앉아 바다를 바라보았어."

그녀는 소파 위로 좀더 가까이 다가와 몬탈바노의 어깨에 머리를 기댔다. 그는 이 몸짓이 유혹하기 위한 게 아니라는 것을 알았기에 그대로 있었다.

"잉그리드, 내가 차 안에서 당신에게 했던 말 기억해? 우리의 대화가 비공식적인 거라는 거?"

"응."

"정직하게 대답해봐. 장롱 안 옷들은 당신이 가져온 거야 아니면 거기 들어 있었던 거야?"

"내가 가져왔어. 내게 필요했으니까."

"당신 루파렐로의 정부였나?"

"아니."

"아니라니? 여기서는 당신이 안주인인 것처럼 보이는데?"

"루파렐로와는 딱 한 번 잠자리를 같이했어. 내가 몬텔루사에 도착한 지 6개월이 지나서였지. 그 이후엔 단 한 번도 없었어. 그는 나를 이곳으로 데려왔어. 하지만 우린 친구가 되었어. 진정한 친구. 내 나라에서조차도 남자와 그런 일은 없었지. 그에게는 뭐든지 말할 수 있었어, 정말 모든 것을. 내가 어려움에 처할 때면 그는 아무것도 묻지 않고 나를 도와주곤 했어."

"그러면 나더러 당신이 그 단 한 번 다녀갔을 때 주머니 형태의 가방과 목걸이, 옷가지들과 진, 팬티들까지 모두 가져다 놓았다는 걸 믿으라는 거야?"

잉그리드는 화를 내며 몬탈바노에게서 떨어졌다.

"믿고 말고는 자유야. 난 그저 이야기를 하고 있는 거라고. 얼마 지나서 나는 루파렐로에게 종종 이 집을 사용할 수 있는지를 물었고 그는 그렇게 하라고 했어. 그는 내게 단 한 가지만을 당부했어.

아주 조심스럽게 행동해줄 것과 이 집이 누구 소유인지 아무에게도 말해서는 안 된다는 약속을 지켜줄 것을 부탁했지."

"당신이 여기 오고 싶을 때 이 집이 비어 있어 당신이 쓸 수 있는지 없는지 어떻게 알 수 있었지?"

"우리는 전화벨 소리를 신호로 이용했지. 난 루파렐로와의 약속을 지켰어. 여기에는 단 한 남자만을 데리고 왔어. 항상 같은 사람이었고."

그녀는 위스키를 한 모금을 마셨을 뿐인데 몸이 등 뒤로 휘어지는 것 같았다.

"이 년 전부터 내 인생에 끼어들어 어떻게든 나와 함께 지내기를 바랐던 한 남자를 말이야. 나는 그 이후에는 더이상 그를 원치 않았거든."

"그 이후라니?"

"처음 관계를 가졌던 이후……. 모든 상황이 나를 불안하게 만들었거든. 하지만 그는…… 마치 눈이 먼 사람 같았어. 그는 나에게…… 너무나 집착하고 있었지. 오로지 육체적으로만 말이야. 매일 만나자고 요구했어. 그래서 여기 데리고 오면 그는 몹시 폭력적으로 변해서 나를 덮치고 내 옷을 찢었어. 그랬기 때문에 내가 옷장 속에 갈아입을 옷들을 두었던 거야."

"그자는 이 집이 누구 것인지 알고 있나?"

"그에게 절대 얘기하지 않았지만 그 역시 나에게 한 번도 묻지 않았어. 이봐, 그는 질투 같은 것은 하지 않았어. 다만 나를 원했을 뿐이야. 그는 나와 함께 보내는 시간을 전혀 지루해하지 않았어. 그리고 언제 어디서 어떤 순간이든 나를 가질 준비가 되어 있었지."

"알았어. 그럼 루파렐로는 당신이 여기에 누굴 데려오는지 알고 있었어?"

"앞에서와 같아. 그도 내게 묻지 않았고 나도 그에게 말하지 않았어."

잉그리드가 일어섰다.

"어디 다른 곳에 가서 얘기하면 안 될까? 지금 이곳이 나를 지치고 힘들게 하네. 당신 결혼했어?"

"아니."

몬탈바노는 깜짝 놀라서 대답했다.

"당신 집으로 가자."

잉그리드는 쓸쓸한 미소를 지으며 이야기했다.

"난 이렇게 끝날 거라고 당신에게 말했었어, 안 그래?"

13

 두 사람 중 어느 누구도 말하고 싶어 하지 않았다. 한 십오 분가량 침묵이 흘렀다. 그러나 몬탈바노는 다시 한 번 자신이 갖고 있는 경찰로서의 천성에 굴복하고 말았다. 실제로 그는 칸네토 강의 다리가 시작되는 곳에 이르자 길 옆으로 차를 대더니 차에서 내리면서 잉그리드에게도 차에서 내리라고 했다. 몬탈바노는 다리 위에서 달빛에 드러난 말라붙은 강바닥을 그녀에게 보여주었다.
 "보라고."
 몬탈바노는 잉그리드에게 말했다.
 "이 강바닥은 곧바로 해변으로 이어지지. 경사가 가파르고, 큰 바위와 돌들로 가득하지. 당신이라면 저 아래까지 운전하고 갈 수 있겠어?"

잉그리드는 곧 차가 달릴 수 있는 길인지 살펴보았다.

"모르겠는데? 낮이라면 다를 수도 있겠지만……. 어쨌든 시도는 해볼 수 있겠어, 만약 당신이 원한다면……."

그녀는 실눈을 뜨고 미소를 지으며 몬탈바노를 바라보았다.

"당신은 내 뒷조사도 했군, 그렇지? 그럼 이제, 내가 뭘 해야 하지?"

"한번 가봐."

몬탈바노가 말했다.

"좋아, 당신은 여기서 기다려."

잉그리드는 차를 타고 곧 떠났다. 헤드라이트 불빛이 시야에서 사라지는 데는 몇 분도 채 걸리지 않았다.

"이런! 역시 그렇게 되나? 내가 너무 순진했군, 제기랄!"

몬탈바노는 체념했다.

몬탈바노가 비가타를 향해 멀고 먼 길을 걸어 돌아가려고 하는 찰나 웅웅거리며 돌아오는 자동차 소리가 들렸다.

"할 수 있겠어. 손전등 있어?"

"글로브박스 안에 있어."

여자는 무릎을 꿇고 자동차 밑을 비추더니 다시 일어났다.

"손수건은?"

몬탈바노는 손수건을 건네줬고, 잉그리드는 손수건으로 아픈 발목을 꽉 동여맸다.

"타!"

그녀는 후진해서 비포장도로에 이르렀다. 이 길은 지방 도로에서 갈라져 나와 다리 아래까지 이르고 있었다.

"해볼게, 경위. 하지만 내가 한쪽 발을 쓰지 못한다는 걸 잊지마. 안전벨트나 꽉 매. 속도를 내야 할까?"

"물론. 그래도 무사히 해변에 도착하는 게 더 중요해."

잉그리드는 기어를 넣고 총알같이 차를 출발시켰다. 십 분 동안 차가 계속해서 심하게 흔들렸다. 한순간 몬탈바노는 머리가 몸통에서 떨어져 나와 차창 밖으로 날아갈 것 같은 느낌을 받았다. 반대로 잉그리드는 침착하고 단호했다. 그녀는 입술 밖으로 혀를 내밀고 운전하고 있었다. 몬탈바노는 잘못해서 혀를 깨물 수도 있으니 그렇게 하고 있지 말라고 그녀에게 말하고 싶은 충동을 느꼈다.

그들이 해변에 도착했을 때 잉그리드가 물었다.

"시험에 통과한 거야?"

어둠 속에서 그녀의 눈이 빛났다. 그녀는 흥분해 있었고 만족스러워보였다.

"그래."

"다시 해볼까? 이번엔 올라가면서……."

"당신 정말 미쳤군! 그만하라고."

그녀가 시험이라 한 것은 틀린 말이 아니었다. 단 아무것도 해결하지 못한 시험이라는 것만 빼고 잉그리드는 그 길을 아무렇지 않게 운전해 내려올 수 있었다. 그건 그녀에게 불리한 점이었다. 하지만 몬탈바노가 그렇게 해볼 것을 요구했을 때 신경을 곤두세우지 않고 단지 놀라기만 한 것은 그녀에게 유리한 점이었다. 차가 전혀 손상되지 않은 것을 어떻게 해석해야 할까? 긍정적으로 아니면 부정적으로?

"그러면 다시 한 번 해볼까? 어서, 내게는 지금이 오늘 저녁 유일하게 즐거웠던 순간이라고."

"안 돼, 하지 말라고 했어."

"좋아, 그럼 당신이 운전해. 난 지금 발목이 너무 아프거든."

몬탈바노는 해변을 따라 운전하면서 자동차가 전혀 손상되지 않고 그대로인 것을 확인했다. 아무것도 망가지지 않았다.

"당신 정말 대단한데?"

"그것 보라고."

어느새 전문가가 되어 진지해진 잉그리드가 대답했다.

"누구라도 그 길로 내려갈 수 있어. 관건은 자동차가 출발할 때의 상태를 그대로 유지한 채 도착할 수 있느냐 하는 거지. 그래야만 이런 해변이 아닌 포장도로로 다시 들어섰을 때 달리면서 속도를 만회할 수 있거든. 잘 설명이 되었는지 모르겠네."

"아주 잘 알아들었어. 예를 들어 내리막길 이후에 완충장치가 망가진 채 해변에 도착하는 사람은 제대로 운전할 줄 모르는 사람이라는 거지."

187

그들은 만나라에 도착했다. 몬탈바노는 오른쪽으로 방향을 틀었다.

"저 거대한 덤불이 보이지? 거기서 루파렐로가 발견됐어."

잉그리드는 아무 말도 하지 않았다. 많이 궁금해하지도 않는 것 같았다. 그날 저녁에는 아무 일도 벌어지지 않았다. 그들은 오솔길을 지나 낡은 공장의 담 아래를 달렸다.

"여기서 루파렐로와 함께 있던 여자가 목걸이를 잃어버렸고 저 담 너머로 가죽 주머니 형태의 가방을 던진 거야."

"내 가방을?"

"그래."

"난 아니었어! 그리고 맹세하건대 난 지금 당신이 하고 있는 이 이야기를 전혀 이해하지 못한다고."

잉그리드가 중얼거렸다.

몬탈바노의 집에 도착했을 때 잉그리드는 혼자 자동차에서 내리지 못했다. 그래서 몬탈바노는 그녀의 허리를 한 팔로 감싸 안고 그녀가 자신의 어깨에 팔을 걸쳐 몸을 의지해서 집에 올라갈 수 있게 부축했다. 집 안으로 들어오자마자 그녀는 제일 가까운 거리에 있는 의자에 몸을 던졌다.

"제기랄! 발목이 너무 아파."

"저 방으로 가서 바지를 벗어. 그래야 내가 붕대를 감아줄 수 있으니까."

잉그리드는 투덜대며 가구들과 벽에 의지해 절뚝거리며 걸었다.

몬탈바노는 경찰서에 전화를 했다. 파지오는 주유소 직원이 모든 것을 기억해냈다고 보고했다. 운전석에 있던 남자, 즉 그들을 죽이려 했던 자를 완벽하게 알아봤다고 했다. 그는 투리 감바르델라, 쿠파로 일당 중의 하나였다.

"그래서 갈루초가 감바르델라의 집에 갔었는데, 부인이 말하길 이틀 전부터 남편을 보지 못했다고 합니다."

파지오가 계속해서 말했다.

"자네와 내기했으면 내가 이겼을 텐데."

몬탈바노가 말했다.

"왜죠? 반장님이 보시기엔 제가 뻔한 내기에 돈을 걸 만큼 그렇게 멍청하게 보였나요?"

몬탈바노는 욕실에서 물이 흐르는 소리를 들었다. 잉그리드는 샤워기를 보고는 그냥 나올 수 없는 그런 부류의 여자였던 것이다. 그는 제제의 핸드폰 번호를 눌렀다.

"지금 너 혼자야? 이야기할 수 있어?"

"혼자인 거라면, 혼자고. 이야기하는 거라면, 달라질 수도 있지."

"사람 좀 알아봐줘. 널 위험하게 할 만한 정보는 아니야, 알겠지? 그렇지만 난 정확한 답변이 필요해."

"어떤 사람인데?"

몬탈바노는 제제에게 어떤 사람인지 설명했고 제제는 어려움 없이 그자의 이름을 알려주었다. 심지어 그자의 별명까지도.

―

잉그리드는 침대에 누워 있었다. 그녀는 커다란 수건을 몸에 두르고 있었지만 그것으로는 몸을 아주 조금밖에 가리지 못했다.

"미안, 하지만 서 있을 수가 없어."

몬탈바노는 욕실의 장에서 연고와 거즈 뭉치를 꺼냈다.

"다리를 줘봐."

그녀가 조금 움직이자 미니 팬티가 밖으로 나왔고, 여성의 몸을 완벽하게 이해하고 있는 화가의 그림처럼 그녀의 한쪽 가슴도 낯선 환경에 대한 호기심에 못 이겨 주변을 둘러보려는 듯 온전하게 젖꼭지를 드러냈다. 몬탈바노는 이번에도 잉그리드가 자신을 유혹하려는 의지가 전혀 없는 것을 알고 그녀에게 고마워했다.

"조금 있으면 나아질 거야."

몬탈바노는 잉그리드의 발목에 연고를 바르고 거즈로 꽉 감아주었다. 그가 그렇게 하는 동안 잉그리드는 그에게서 눈을 떼지 않았다.

"위스키 있어? 얼음 없이 반 잔만 갖다 줘."

잉그리드는 마치 오래전부터 알고 지낸 사람처럼 굴었다. 몬탈바노는 잉그리드에게 잔을 건네고 의자를 하나 집어 침대 옆에 앉았다.

"그거 알아, 경위님?"

잉그리드가 반짝이는 푸른 두 눈으로 그를 바라보며 말했다.

"당신은 이 근방에서 내가 5년 만에 만난 최초의 진짜 남자라는 거……."

"루파렐로보다 나은가?"

"응."

"고마워. 이제 질문 하나 해도 되겠지?"

"그래 해봐."

몬탈바노가 막 입을 열려는 순간 초인종 소리가 들렸다. '올 만한 사람이 아무도 없을 텐데……'

그는 어리둥절해하며 문 쪽으로 갔다. 문 앞에는 평상복을 입고 있는 안나가 그에게 미소 짓고 있었다.

"깜짝 선물이에요. 짜잔!"

그녀는 그를 지나쳐 집 안으로 들어갔다.

"감격하다니 고맙군요. 저녁 내내 어디 있었어요? 경찰서에서는 당신이 여기 있다고 하더군요. 그래서 이리로 왔는데, 집엔 불빛 하나 보이지 않았어요. 적어도 전화를 다섯 번 이상 했는데, 대답이 없더군요. 그리곤 마침내 불빛이 켜진 것을 보았죠."

안나는 입을 열지 않고 있는 몬탈바노를 주의 깊게 쳐다보았다.

"뭐죠? 당신 벙어리라도 된 건가요? 그럼 들어봐요……."

그녀가 말을 멈추었다. 열어놓은 침실 문 사이로 반나체로 손에 술잔을 들고 있는 잉그리드를 보았던 것이다. 안나는 처음에는 얼굴이 창백해지더니 곧 새빨개졌다.

"미안해요."

그녀는 중얼거리듯 말하고서 뛰어나갔다.

"뒤따라가!"

잉그리드가 소리쳤다.

"그녀에게 모두 설명하라고! 난 갈 테니."

화가 난 몬탈바노는 현관문을 발로 걷어찼다. 자신이 문을 걷어찼던 것 만큼이나 화가 난 안나가 거칠게 차를 급발진시켜 집을 떠날 때는 마치 벽이 흔들리는 느낌이 들었다.

"난 그녀한테 아무것도 설명할 의무가 없다고, 제기랄!"

"나 갈까?"

잉그리드는 침대에서 반쯤 일어났다. 그녀의 젖가슴이 수건 밖으로 의기양양하게 나와 있었다.

"아니야, 그렇지만 몸을 좀 가리라고."

"미안."

몬탈바노는 재킷과 셔츠를 벗고서 욕실 세면대 수도꼭지를 틀어 잠시 머리를 적시곤 침대 옆으로 돌아와 앉았다.

"그 목걸이에 관한 진짜 이야기를 알고 싶어."

"그러니까, 지난 월요일 내 남편 자코모는 어떤 전화를 받고 잠에서 깼어. 나는 너무 졸려 내용을 잘 듣지 못했어. 그런데 남편은 급하게 옷을 입고서 나갔지. 그리곤 두 시간이 지난 후에 돌아와서는 얼마 전부터 집에서 보지 못했다며 목걸이가 어디 있는지 물었어. 난 차마 남편에게 루파렐로 집에 있는 주머니 형태의 가방 안에 들었다고는 대답할 수가 없었어. 그가 만일 목걸이를 보여달라고 했다면 난 뭐라 대답해야 좋을지 몰랐을 거야. 그래서 난 그에게 목걸이를 잃어버린 지 일 년도 더 지났는데, 그가 화를 낼까봐 무서워서 먼저 얘기를 꺼내지 못했다고 했어. 그 목걸이는 아주 고가인 데다 무엇보다 남편이 스웨덴에서 내게 선물했던 거니까. 그러자 자코모는 내게 흰 종이 끝에 서명하라고 하면서 보험회사에서 보상받기 위한 것이라고 말했어."

"그럼 만나라에 관한 이야기는 어떻게 나오게 된 거지?"

"아, 그건 나중 일이야. 남편이 점심 식사를 하기 위해 집에 돌아왔을 때 말이야. 그의 변호사 리초가 그에게 말했대. 보험 보상을 받기 위해서는 목걸이를 잃어버린 경황에 대한 좀더 그럴듯한 설명이 필요하다고. 그래서 그가 먼저 만나 얘기를 제안했다던데. 남편이 나한테 해준 얘기야."

"만나라."

몬탈바노는 참을성 있게 바로잡아 주었다. 그녀의 잘못된 발음이 맘에 들지 않았기 때문이다.

"만나라, 만나라."

잉그리드는 반복했다.

"난 솔직히…… 그 얘기가 설득력이 없었어. 내가 보기엔 뭔가 아귀가 안 맞았지. 너무 지어낸 것 같았어. 그러자 자코모는 내가 모든 사람들의 눈에 창녀 같아 보이니까 만나라에 데려가 달라는 생각이 내게는 들었을 수도 있다고 다들 생각할 만하다는 거야."

"이해해."

"하지만 이해할 수 없어, 난!"

"그들은 당신을 얽어맬 생각이었던 거야."

"얽어맨다고? 그게 무슨 무슨 말이야?"

"이봐! 루파렐로는 만나라에 가도록 그를 설득한 어떤 여자와 함께 있던 중 사망했어, 맞지?"

"맞아."

"좋아, 그들은 그 여자가 바로 당신이라는 것을 믿게끔 만들려는 거야. 주머니 형태의 가방도 당신 거고, 목걸이도 당신 거고, 루파렐로의 집에 있는 옷가지들도 당신 거고……. 게다가 당신은 칸네토 강의 내리막길을 달릴 수 있고……. 나라면 단 한 가지 결론에 도달할 수밖에 없을 것 같은데, 그건 바로 그 어떤 여자가 잉그리드 쇼스트롬이라는 거야."

"이제 알겠어."

잉그리드는 곧 침묵에 잠겼다. 그녀의 눈은 손에 들고 있는 잔에 고정되어 있었다. 그리곤 몸을 떨었다.

"말도 안 돼!"

"뭐가?"

"자코모가 나를…… 얽어매려는 사람들과 의견을 같이한다는 거, 당신이 말한 것처럼 말이야."

"그들이 자코모가 동의하도록 압력을 가했을 수도 있지. 알다시피 당신 남편의 경제 사정이 좋지 않거든."

"남편은 결코 내게 그런 얘기를 하지 않아. 하지만 알고는 있어. 그런데 그가 그런 일을 했다면 그건 돈 때문은 아니었다는 건 확신해."

"그 점에 대해선 나도 그럴 거라고 생각해."

"그렇다면, 왜지?"

"다른 이유가 있겠지. 다시 말해, 당신 남편은 당신보다 더 중요한 누군가를 구하기 위해 당신이 휘말리도록 강요당했을 수도 있어. 기다려 봐."

몬탈바노는 다른 방으로 갔다. 그곳에는 종이들로 뒤덮인 작은 책상이 있었다. 그는 니콜로 지토가 보냈던 팩스를 집었다.

"대체 누구를 뭐로부터 구한다는 거야?"

그가 돌아오는 것을 보자마자 잉그리드가 물었다.

"만약 루파렐로가 사랑을 나누던 중 사망했다면 그건 누구의 잘

못도 아니지. 그는 살해된 게 아니라고."

"누군가를 법이 아니라 스캔들로부터 보호한다는 거지, 잉그리드……."

여자는 팩스를 읽기 시작했다. 처음에는 놀라더니 점점 재밌어 했다. 폴로 클럽 이야기를 쓴 곳에서는 크게 웃었다. 그러더니 이내 표정이 어두워져서는 침대에 종이를 떨어뜨리고 한쪽으로 고개를 떨구었다.

"그 사람이 당신 시아버지였나, 당신이 루파렐로의 임시 피난처로 데리고 가던 남자가?"

잉그리드는 대답하기를 몹시 힘겨워했다.

"그래. 그리고 나는 그런 일이 생기지 않도록 모든 노력을 기울였음에도 불구하고 몬텔루사에서 그 일에 관해 사람들이 말하는 것을 들었지. 시칠리아에서 지내는 동안 내게 일어났던 최악의 일이지."

"나한테 세세한 것까지 이야기할 필요는 없어."

"하지만 시작은 내가 한 게 아니라는 걸 당신에게 설명하고 싶어. 이 년 전 시아버지는 로마에서 열리는 한 회의에 참석해야 했어. 그는 나와 자코모도 함께 가자고 했지. 하지만 떠나기 바로 직전에 남편에게 일이 생겨 갈 수가 없게 됐고, 남편은 내가 그때까지 한 번도 로마에 가보지 못했으니까 다녀오라고 자꾸 나를 부추겼어. 모든 게 순조로웠어. 시아버지가 내 방에 들어온 바로 그날

까지는. 내가 보기에 그는 미친 사람 같았지. 난 그를 진정시키기 위해 순순히 그의 뜻에 따랐어. 그는 소리를 질러댔고 내게 너무나 난폭하게 굴었거든. 돌아오는 비행기 안에서 시아버지는 눈물까지 흘리면서 다시는 그런 일이 없을 거라고 했어. 우리가 같은 건물에 산다는 거 당신 알아? 어쨌든 좋아. 어느 날 오후 남편이 나가고 나는 아직 그때까지 침대에서 나오지 않고 게으름을 피우고 있었는데, 갑자기 시아버지가 방에 들어온 거야. 그날 밤처럼 말이야. 그는 몸을 마구 떨었지. 그때도 난 무서웠어. 가정부는 부엌에 있었고……. 나는 다음 날 자코모에게 분가하고 싶다고 말했어. 그는 기절초풍했지만 난 계속해서 집을 나가자고 졸랐고 우린 결국 말다툼을 했지. 난 여러 번 집 문제를 거론했고 남편은 그때마다 안 된다고 했어. 남편의 입장에서는 그가 옳았던 거야. 그러던 와중에도 시아버지는 계속 자신의 욕망을 채웠지. 시어머니와 자코모에게 들킬 수도 있는 위험을 감수하면서까지 기회만 있으면 내게 입을 맞추고 나를 건드렸어. 바로 그것 때문에 나는 루파렐로에게 가끔 집을 빌려달라고 부탁했던 거야."

"당신 남편은 어느 정도 눈치를 챘었나?"

"생각해봤는데, 모르겠어. 어떤 때는 그런 섯 같기도 하고, 또 어떤 때는 아니라는 확신이 들기도 하고."

"한 가지 더 질문이 있어, 잉그리드. 우리가 카포 마사리아에 도착했을 때 당신은 문을 열면서 내가 안에서 아무것도 발견하지 못할 거라고 말했어. 그리곤 당신은 그와 반대로 안에 모든 것이 있었고 모든 것이 예전처럼 있는 것을 보고는 매우 놀랐지. 누가 루파렐로의 집에서 당신 물건들을 모두 정리했다고 확신을 주던가?"

"응, 자코모가 그렇게 말했어."

"그러니까 당신 남편은 알고 있었군?"

"잠깐, 나를 혼란스럽게 하지 마. 자코모가 나한테 보험회사 사람들이 질문할 때 내가 해야 하는 대답, 즉 내가 만나라에 그와 함께 있었다고 대답해야 한다는 것을 일러주고 있을 때 난 다른 것 때문에 걱정했지. 루파렐로가 죽었기 때문에 조만간 누군가 그의 집을 알아낼 것이고, 그러면 안에 있는 내 옷과 주머니 형태의 가방 그리고 다른 물건을 모두 발견할 수도 있을 것이라는 사실 말이야."

"그렇다면 누가 그것을 찾아냈을 것 같아, 당신 생각엔?"

"글쎄, 모르겠어. 경찰, 루파렐로의 가족들……. 난 모든 걸 자코모에게 얘기했어. 하지만 한 가지 거짓말을 했지. 시아버지에 대해선 아무것도 말하지 않았어. 다만 난 남편에게 내가 그곳에 루파렐로와 함께 가곤 했다는 것을 흘렸지. 그날 저녁 남편은 내게 모든 게 정리되었다고 하면서 자기 친구가 알아서 할 거라고 했어. 만일 누군가 정원이 딸린 그 작은 집을 발견하게 되면 안에서 회칠한 벽 말고 다른 건 보지 못할 거라고. 그리고 난 그걸 믿었어. 그런데…… 당신 왜 그래?"

몬탈바노는 뜬금없는 질문에 놀랐다.

"뭐, 내가 뭘?"

"당신, 계속해서 목덜미를 만지고 있잖아?"

"아, 그래. 아프네. 우리가 칸네토 강을 내려갔을 때 그런 걸 거야. 발목은 좀 어때?"

"나아졌어, 고마워."

잉그리드가 웃기 시작했다. 마치 어린아이처럼 순간순간 분위기를 바꾸어가고 있었던 것이다.

"뭐가 그리 우스워?"

"당신의 목덜미, 내 발목……. 병원에 있는 환자들 같잖아."

"일어날 수 있겠어?"

"나 때문이라면, 아침까지 여기 있고 싶은걸."

"우린 아직 할 일이 있어. 옷 입어. 운전할 수 있겠어?"

14

 가자미처럼 날렵한 잉그리드의 빨간 스포츠카는 아직 마리넬라 바의 주차장에 세워져 있었다. 너무나 귀하고 흔치 않은 차종이라 몬텔루사와 인근에서는 보기 힘든 스포츠카였다.

"당신 차를 타고 나를 따라 와."

몬탈바노가 말했다.

"카포 마사리아로 돌아가자고."

"이런! 뭘 하려고?"

잉그리드가 입을 삐죽 내밀었다. 잉그리드는 전혀 그럴 마음이 없었으며, 몬탈바노도 그걸 알고 있었다.

"다 당신을 위한 거야."

저택의 철문이 열려 있는 것을 알아채자마자 몬탈바노는 곧 헤드라이트를 껐다. 몬탈바노는 차에서 내려 잉그리드의 차로 다가갔다.

"라이트를 끄고. 여기서 날 기다려. 우리가 나가면서 철문을 닫았는지 혹시 기억나?"

"잘 기억나진 않지만 닫았던 것 같아."

"차를 돌려 세워놔. 가능한 소리 나지 않게."

잉그리드는 몬탈바노가 시키는 대로 차머리를 간선도로 쪽을 향하게 했다.

"내 얘기 잘 들어. 내가 내려가 볼 테니 당신은 귀를 기울이고 있다가 내가 소리치는 걸 듣거나 뭔가 꺼림칙한 게 느껴지면 지체하지 말고 출발해서 집으로 돌아가."

"누가 안에 있을 거라고 생각하는 거야?"

"나도 모르지. 당신은 내가 말한 대로 해야 해."

몬탈바노 경위는 자신의 차에서 주머니 형태의 가방과 권총을 챙겼다. 그는 살금살금 계단을 내려갔다. 이번엔 현관문이 소리 없이 쉽게 열렸다. 몬탈바노는 손에 권총을 들고 안으로 들어갔다. 거실은 바다에 비친 달빛으로 인해 은은한 조명을 켜둔 것 같았다. 그는 발길질로 욕실 문을 열었고 다른 방들도 그렇게 차례로 열어젖혔다. 우스꽝스럽게도 미국의 TV 프로그램들에 나오는 주인공이 된 것 같은 느낌이었다. 집 안에는 아무도 없었고, 누군가 다녀간 흔적도 없었다. 몬탈바노가 철문을 열어놓은 채 나왔다고 믿게 되기까지는 얼마 걸리지 않았다. 그는 거실의 전망 창을 열고 아래를 내려다보았다. 거기서 카포 마사리아는 뱃머리와 같이 바다 위로 고개를 내밀고 있었다. 그 아래의 바다는 분명 아주 깊을 것이다. 몬탈바노는 갖고온 잉그리드의 주머니 형태의 가방에 은수저 세트와 무거운 크리스탈 재떨이를 넣어 머리 위에서 빙 돌려 바다로 던졌다. 쉽게 발견되지는 않을 것이다. 그리고 침실 옷장에서 잉그리드의 물건을 전부 챙겨 현관문을 잘 닫았는지 확인하고 나왔다. 계단을 다 오르자마자 그는 잉그리드 자동차의 헤드라이트 불빛에 휩싸였다.

"라이트를 끄고 있으라고 말했잖아! 그런데 왜 차를 다시 돌린 거야?"

"위험이 도사리고 있을지도 모르는데 당신 혼자 두고 싶지 않았어."

"자, 당신 옷들이야."

잉그리드는 그것들을 받아 조수석에 놓았다.

"그런데 가방은?"

"바다에 던져버렸어. 이제 집으로 돌아가. 그들은 이제 당신을 얽어맬 그 무엇도 손에 쥐고 있지 않으니까."

잉그리드는 차에서 내려 몬탈바노에게 다가가 그를 껴안았다. 그녀는 잠시 그렇게 있었다. 그의 가슴에 머리를 묻고서. 이내 그녀는 몬탈바노를 뒤돌아보지 않은 채 다시 차에 올라 시동을 걸고 그곳을 떠났다.

—

칸네토 강 위로 난 다리 진입로 초입에 자동차 한 대가 도로를 가로막다시피 정차하고 있었다. 한 남자가 차 지붕에 팔꿈치를 대고 기대서서 몸도 똑바로 가누지 못한 채 손으로 얼굴을 가리고 있었다.

"무슨 일이십니까?"

몬탈바노가 차를 세운 뒤 물었다.

남자가 몸을 돌렸다. 남자의 얼굴은 피로 범벅이 되어 있었다. 남자의 이마 한가운데에 난 커다란 상처에서 피가 흘러나오고 있었다.

"불한당 같은 놈!"

남자가 중얼거렸다.

"무슨 말씀이신지 알아듣게 설명해보십시오."

몬탈바노는 차에서 내려 그에게 다가갔다.

"기분 좋게 천천히 차를 몰고 있는데, 어떤 개자식이 별안간 내 차에 바짝 붙어 추월하는 겁니다. 그래서 나는 갓길로 내몰렸죠.

그래서 화가 치밀어올라 뒤따라 달렸지요. 경적을 울리고 헤드라이트를 깜빡이면서 말이오. 그러자 갑자기 그자가 브레이크를 밟더니 차를 돌려 세웠소. 그리곤 차에서 내려 제 쪽으로 왔는데, 손에 뭔가를 들고 있었소. 그것이 무기일지도 모른다는 생각이 들자 덜컥 겁이 났소. 그자가 내게 다가왔지만 나는 미처 창문을 올리지 못하고 있었지. 나는 그제서야 그자가 스패너를 손에 쥐고 있다는 걸 알았지만 어떻게 손쓸 틈도 없이 그걸로 갑자기 나를 힘껏 내리쳤소."

"도와드릴까요?"

"아니오. 피는 곧 멈출 것이오."

"신고하시겠습니까?"

"웃기지 마시오, 골치만 아파!"

"병원까지 모셔다 드릴까요?"

"제발 부탁인데, 당신 볼일이나 보시겠소?"

―

제때 잠을 자본 것이 언제였던가? 이제는 이 염병할 뒤통수의 통증까지 몬탈바노 경위를 그냥 내버려두지 않았다. 통증은 끈질기게 계속되었다. 엎드려도 드러누워도 별반 다르지 않았다. 음흉하고도 끈질긴 놈이었다. 찌르는 듯한 고통은 없었지만. 하지만 그게 더 나빴다. 그것이 그를 더 고통스럽게 했다. 몬탈바노는 불을 켰다. 네 시였다. 침대 옆의 테이블에는 잉그리드를 위해 사용했던 연고와 거즈 뭉치가 그대로 남아 있었다. 그는 그것들을 집어들고 욕실 거울 앞에 서서 목덜미에 연고를 조금 발랐다. 한결 나아진 것 같았다. 그러고 나서 거즈로 목을 감고 반창고를 붙였다. 붕대를 너무 꽉 조인 것 같았다. 목을 움직이기가 거북했다. 몬탈바노는 거울을 바라보았다. 그때였다. 뇌 속에서 갑자기 눈을 멀게 할 만큼 강렬한 섬광이 터진 것은. 욕실의 불빛도 어두워진 듯했다. 사물의 내부까지도 꿰뚫어볼 수 있는 엑스선 같은 눈을 가진 만화 주인공이 된 것만 같았다.

중학교 시절 몬탈바노 경위의 종교학 선생님은 나이 지긋한 신부님이셨다. 어느 날 선생님은 "진리는 빛이니라" 하고 말씀하셨다.

당시 몬탈바노는 한시도 가만히 있지 못하는 산만한 학생으로 공부와는 담을 쌓고 늘 맨 끝줄에 앉아 있었다.

"그럼 가족 모두가 진리를 말한다면 전기 요금을 아끼게 된다는 말씀이시네요."

몬탈바노는 이렇게 큰 소리로 말한 후에, 교실 밖으로 쫓겨났다.

몬탈바노는 그 일이 있은 지 30년이 지난 오늘에서야 마음으로나마 노신부님에게 사죄했다.

"안색이 그게 뭡니까!"

몬탈바노가 경찰서로 들어오는 것을 보고 파지오 경사가 소리쳤다.

"어디 안 좋으세요?"

"괜찮으니 신경 쓰지 말게. 감바르델라 소식은? 그를 찾았나?"

"아니오. 그림자도 남기지 않고 사라졌습니다. 시골 촌구석에서 혹 사나운 개들에게 잡아먹힌 그를 찾지나 않을까 하는 생각까지 들 정도로 흔적도 없이 사라졌습니다."

하지만 파지오 경사의 어조에는 뭔가 미심쩍은 구석이 있었다. 어디 그를 한두 해 알아온 사이인가.

"무슨 일 있지?"

"그게…… 갈로가 응급실에 갔어요. 한쪽 팔을 다쳤습니다. 심한 건 아니고."

"무슨 일이야?"

"순찰차를 몰고 가다가……."

"과속으로 교통사고 난 거야?"

"그렇습니다."

"답답하게 질질 끌지 말고 어서 빨리 자초지종을 이야기해보라고."

"그러니까, 제가 갈로를 시내의 시장에 급히 출동시켰죠. 싸움이 있었거든요. 갈로가 차를 몰고 떠났는데 — 경위님도 그를 잘 아시잖아요 — 도로 옆으로 미끄러지면서 전신주를 들이받았어요. 자동차는 몬텔루사에 있는 저희 전용 주차장에 끌어다 놓았고, 다른 차를 한 대 받았습니다."

"어서 사실을 말해봐, 파지오. 자동차 타이어가 칼로 찢겨져 있었지?"

"그렇습니다."

"그럼 갈로는 차에 오르기 전에 미리 살펴보지 않았단 말이지? 내가 골백번은 더 명령했을 텐데? 도대체 자네들은 이 염병할 촌동네에서 타이어를 칼로 긋는 것이 범국가적 스포츠라는 걸 모른다는 말이지? 갈로에게 오늘은 사무실에 코빼기도 비치지 말라고 해. 내 눈앞에 보이기만 하면 엉덩이를 걷어찰지도 모르니까."

몬탈바노는 자신의 방문을 걷어찼다. 화가 치밀었던 것이다. 몬탈바노는 우표에서부터 단추들까지 온갖 자질구레한 물건들이 있는 통을 전부 뒤지는 한이 있더라도 폐쇄된 공장의 열쇠를 찾으러 나간다는 인사도 하지 않은 채 사무실을 나왔다.

—

몬탈바노 경위는 부근에서 잉그리느의 가방을 찾았던 씩은 대들보 위에 앉아 어떤 것을 바라보고 있었다. 지난번에는 저것이 관들을 연결하는 일종의 이음 파이프였다고 생각했었다. 하지만 이번에는 좀더 확실하게 알아볼 수 있었다. 분명히 사용된 것이었지만 마치 새것 같은 목의 부목(副木)이었다. 어떤 암시의 힘이 작동했는지 갑자기 목덜미가 다시 아파왔다. 그는 일어서서 그 장식품을 갖고 폐쇄된 공장에서 나와 경찰서로 돌아갔다.

―

"경위님? 스테파노 루파렐로입니다."

"말씀하십시오"

"어제 사촌인 조르조에게 경위님께서 오늘 아침 열 시에 만나고 싶어한다고 말했습니다만 바로 십 분 전에 이모, 그러니까 조르조의 어머니가 제게 전화를 하셨습니다. 제 생각에는 조르조가 경위님을 만나러 갈 수 없을 것으로 보입니다. 그렇게 하겠다고 약속은 했지만 말입니다."

"무슨 일이 있나요?"

"확실히는 모릅니다만 어젯밤 내내 조르조가 집에 있지 않았던 것 같습니다. 이모님이 그렇게 말씀하셨어요. 조르조는 방금 전 아홉 시쯤 집에 돌아왔는데, 몰골과 몸 상태가 정상이 아니라고 합니다."

"죄송합니다만 스테파노 씨, 당신 어머니께서는 조르조가 당신 집에서 지낸다고 말씀하셨던 것으로 기억하는데요"

"사실입니다. 하지만 그건 아버지가 돌아가시기 전까지였죠. 그 후 조르조는 자기 집으로 돌아갔습니다. 아버지가 계시지 않자 동생은 저희 집에서 지내기를 불안해했고 뭔가 거북함을 느꼈죠. 어쨌든 이모는 의사를 불러 조르조에게 진정제 주사를 한 대 놓아주었답니다. 지금 그는 깊이 잠들어 있는 상태입니다. 걱정이 좀 됩니다. 동생이 아버지를 너무 의지하고 있었던 것 같아서요."

"알겠습니다. 혹 사촌 동생을 만나면 제가 꼭 할 얘기가 있다고 전해주세요. 그렇다고 서두르지는 마세요. 중요한 건 아니니까요……. 편안할 때 말입니다."

"그렇게 하고 말고요. 아, 어머니가 제 옆에 계시는데, 안부 전하라고 하십니다."

"제 인사도 전해드리세요. 그리고 제가…… 어머님을 아주 특별한 분으로 생각한다고 전해주세요, 스테파노 씨. 제가 어머님을 무척 존경한다고 말입니다."

"그렇게 전해드릴게요. 고맙습니다."

―

몬탈바노 경위는 각종 서류에 사인하느라 한 시간을 보내고 다른 질문지에 답하기 위해 몇 시간을 더 보냈다. 검사 사무실에서 보내온 복잡하기만 할 뿐 아무 쓸모도 없는 설문지였다.

갑자기 몹시 흥분한 나머지 노크도 하지 않은 채 갈루초가 벽에 부딪힐 정도로 문을 확 열어젖혔다.

"이런 제기랄! 무슨 일이야?"

"지금 막 몬텔루사의 동료에게 들었는데요 리초 변호사가 살해당했답니다. 저격당했습니다. 산 주시푸추 구역 내에 주차되어 있던 그의 자동차 옆에서 발견되었습니다. 원하신다면, 좀 더 자세히 알아보겠습니다."

"그냥 놔둬! 내가 직접 가볼게."

몬탈바노는 시계를 보았다. 열한 시였다. 그는 급히 달려나갔다.

―

사로의 집에선 아무런 대답이 없었다. 몬탈바노가 옆집 문을 두드리자 금방이라도 달려들 기세의 늙은 노파가 문을 열어주었다.

"뭐야? 무슨 일로 귀찮게 구는 거야?"

"실례하겠습니다, 부인. 저는 사로 선생 일가를 찾고 있습니다."

"사로 선생 일가유? 선생은 무슨 놈의 선생이유! 그런 쓰레기 청소부한테!"

두 집 사이에 좋지 않은 감정이 있었던 모양이다.

"댁은 누구슈?"

"저는 경찰청 소속 경위입니다."

노파의 얼굴이 환해지더니, 잘됐다는 생각에서인지 큰 소리로 말하기 시작했다.

"아이구 반가워유! 반가워! 어서 이리 들어오슈."

"누구여?"

깡마른 늙은 노인이 모습을 보이며 물어왔다.

"이 신사 양반이 경위라네유! 좀 나와보시구려! 여기 이 양반이 누굴 찾는지 알아유? 여기 살던 그 사람들이 아주 몹쓸 사람들이었는가 봐유? 옥살이를 하지 않으려고 도망까지 치지 않았슈?"

"그 사람들 언제 떠났습니까, 부인?"

"반 시간도 채 되지 않아유. 어린아이두유. 곧장 달려가믄, 길에서 잡을 수 있을 거유."

"고맙습니다, 부인. 말씀대로 바로 달려가죠."

사로와 그의 아내, 그리고 두 사람의 어린 아들은 해냈던 것이다.

―――

몬탈바노는 몬텔루사로 가던 중에 두 번이나 검문당했다. 처음에는 산악 부대의 정찰대에 의해서, 나중에는 카라비니에리에 의해서였다. 산 주시푸추로 가는 길은 더 엉망이었다. 실제로 바리케이드와 검문소들로 인해 5킬로미터 남짓 되는 길을 가는 데 무려 사십오 분이나 소요되었다. 현장에는 경찰서장을 비롯해 카라비니에리 무대장과 몬텔루사 경찰서 경찰 선원이 나와 있었다. 안나까지 나와 있었다. 안나는 몬탈바노를 못 본 척했다. 자코무치는 주변을 둘러보며 시시콜콜 자세하게 얘기해줄 대상을 찾고 있었다. 그는 몬탈바노를 알아보자마자 달려왔다.

"마피아의 규칙에 따른 살인 집행이었지. 무자비한 살인 말이야."

"몇 명이었는데?"

"그냥 한 사람, 적어도 총을 쏜 것은 한 사람뿐이었네. 그 가엾은 변호사는 오늘 아침 여섯 시 삼십 분에 사무실에서 몇 장의 서류들을 갖고 나와 타비타로 향했지. 의뢰인과 약속이 있었다네. 사무실에서는 혼자 나왔어. 그건 확실해. 그런데 가는 길에 알고 지내던 누군가를 차에 태웠어."

"지나가던 여행자일 수도 있고."

자코무치는 폭소를 터뜨렸다. 어찌나 웃음소리가 컸던지 누가 웃는지 사람들이 몸을 돌려 볼 정도였다.

"자네는 리초같이 막중한 책임을 맡고 있는 사람이 태연하게 알지도 못하는 자를 태워줄 사람으로 보인단 말이야? 그자는 자신의 그림자까지도 살펴보아야 할 만큼 조심해야 할 상황에 처해 있었다고! 자네는 루파렐로 뒤에는 리초가 있었다는 것을 나보다 더 잘 알고 있지 않나? 아니, 아니야. 분명 그가 확실하게 알고 있던 자였네. 마피아의 한 사람이지."

"마피아라, 그렇게 생각하나?"

"내 손에 장을 지지지. 마피아가 가격을 올렸지. 그들은 항상 더 많은 것을 요구하거든. 그런데 정치가들이 언제나 그들의 요구들을 만족시켜줄 상황에 있는 건 아니지. 하지만 또다른 가정도 있다네. 리초가 몇 가지 잘못을 저질렀을 가능성이 있다는 거지. 지난번에 고위직에 임명되자 자신이 더욱 정치권의 실세가 되었다고 느꼈을 테니까. 그리고 그들이 그런 그를 절대 용서하지 않았던 것이고."

"축하하네, 자코무치. 자네 오늘 아침엔 유난히 명석하군 그래. 자네가 아주 개똥 추리를 잘한 것 같아. 자네가 하는 말에 대해 어떻게 그렇게 확신할 수 있는 거지?"

"그를 살해한 방법 때문이지. 살인자는 먼저 리초의 거시기를 발길로 걷어찼고, 무릎을 꿇게 했네. 그리고 리초의 목덜미에 총을 갖다대고 쏴버렸지."

갑자기 몬탈바노의 목에 찌르는 듯한 고통이 다시 찾아왔다.

"무기는 뭐였나?"

"파스쿠아노가 말하기를, 사출부과 사입부의 차이, 그리고 총열이 피부를 압박한 점에 비추어, 대충 보아 오르테가 7.65식일 거라고 하더군."

"몬탈바노 경위!"

"서장이 자네를 부르는군."

자코무치는 이 말을 하고 사라져버렸다.

서장이 몬탈바노에게 손을 내밀면서 웃었다.

"어째서 자네가 여기 있는 건가?"

"정말이지, 서장님, 지나가던 길이었습니다. 우연히 몬텔루사에 있다가 소식을 들었고, 그저 순수한 호기심에서 와보았습니다."

"그럼, 오늘 저녁에 봄세. 잊으면 안 되네. 집사람이 자네를 기다리고 있어."

―

 그것은 그저 하나의 가설에 불과했다. 그다지 엄밀하거나 정확한 것은 아니어서 잠시 멈춰서 곰곰이 생각해보면 곧바로 허공으로 사라져버리고 말 성질의 것이기도 했다. 하지만 몬탈바노는 계속해서 가속페달을 밟았다. 그 때문에 하마터면 한 봉쇄 지점에서 총에 맞을 뻔 하기도 했다. 카포 마사리아에 도착하자 그는 시동도 끄지 않은 채 차 문을 세차게 열어젖히고는 문도 닫지 않고 안으로 뛰어들어 갔다. 그러고는 손쉽게 철문과 현관문을 열고, 침실로 뛰어들었다. 침대 옆 테이블의 서랍 안에 권총이 없었다. 몬탈바노는 말할 수 없는 모멸감과 수치심을 느꼈다. 멍청했던 것이다. 몬탈바노는 처음 무기를 발견했던 이후로도 잉그리드와 함께 이 집에 두 번이나 더 왔었지만 총이 제자리에 있는지 단 한 번도 확인하지 않았던 것이다. 단 한 번도 말이다. 심지어 철문이 열려 있었던 때조차도 문 닫는 것을 잊어버렸을 뿐이라고 자신을 안심시키기만 했다.

―

'이제 그냥 좀 빈둥거리기나 해야지.'

몬탈바노는 집에 들어오자마자 생각했다. '빈둥거리다'라는 말은 그가 좋아하는 동사로, 아무런 목적 없이 전혀 쓸데없는 짓을 하며 이 방 저 방을 왔다 갔다 한다는 뜻이었다. 그러면서 그는 책을 제대로 책장에 꽂고 책상을 정리하고 벽에 걸린 그림을 똑바로 걸고 가스 오븐 레인지를 청소했다. 몬탈바노는 빈둥거리고 있었다. 식욕도 없었기 때문에 음식점을 찾아가고 싶지 않았다. 심지어 아델리나가 준비해둔 음식을 보려고 냉장고 문을 열거나 하지도 않았다.

그는 여느 때와 마찬가지로 집에 오자마자 텔레비전을 켰다. '텔레비가타'의 아나운서가 전하는 첫번째 뉴스는 리초 변호사 살인 사건에 관한 상보(詳報)였다. 이 죽음에 대한 소식은 이미 속보로 나갔기 때문에 사건의 세부 사항과 전말을 전하고 있었다. 기자는 변호사가 마피아에 의해 잔혹하게 살인되었다는 것에 대해 아무런 의심도 표하지 않았다. 최근 고인이 막 정치적으로 아주 중요한 책임을 지는 요직에 올라 범죄와의 전쟁을 좀더 수월하게 수행할 수 있게 된 사실에 화들짝 놀란 마피아의 소행이라는 것이었다. 왜냐하면 그것이 정치 개혁의 슬로건이었기 때문이다. 마피아와의 성역 없는 전쟁이었던 것이다. 팔레르모에서 급히 돌아온 니콜로 지토 역시 '레테리베라'에서 마피아에 관해 이야기하고 있었다. 지토는 무슨 이야기를 하고 있는지 시청자들이 이해할 수 없을 정도로 내용을 심하게 꼬아 이야기하고 있었다. 행간에서 아니 한 단어 한 단어 사이에서 몬탈바노는 지토가 실제로는 그것을 잔혹한 보복의 일환으로 생각하고 있다는 것을 느꼈다. 물론 지토는 그것을 드러내놓고 말하지는 않았다. 이미 진행 중인 수백 건의 고발 사건들에 새로운 소송이 추가되는 것을 두려워했던 모양이다. 이내 몬탈바노는 그런 헛소리들에 싫증이 나 텔레비전을 끄고 빛을 가리기 위해 덧문을 닫고서 입던 옷 그대로 침대에 몸을 던졌다. 몸을 움츠리면서. 몬탈바노가 지금 하고 싶은 일은 찌그러져 있는 거였다. 이 말 역시 몬탈바노가 좋아하는 말로서, '한번 된통 당하고는 인간 사회를 멀리하다'라는 의미였다. 지금이 몬탈바노에게는 '빈둥대다'와 '찌그러지다'라는 의미가 더할 나위 없이 딱 들어맞는 순간이었다.

15

경찰서장의 아내인 엘리사 부인의 새 요리는 주꾸미 요리를 위한 새로운 레시피 그 이상의 것이었다. 몬탈바노의 미각으로 볼 때 이 요리에서 진정 신적인 영감이 느껴졌다. 그는 두번째로 음식을 잔뜩 접시에 담았다. 이번 접시 역시 금방 비어가는 것을 보면서 씹는 속도를 조금 늦추었다. 섬세한 미감이 주는 즐거움을 조금이라도 더 연장하기 위해서였다. 엘리사 부인은 흐뭇한 얼굴로 그를 바라보았다. 모든 훌륭한 요리사들이 그런 것처럼 그녀는 함께 식사하는 사람들이 자신이 만든 음식을 맛보면서 그들의 얼굴에 나타나는 황홀감을 보는 것을 즐겼다. 그리고 몬탈바노의 얼굴 표정으로 봐서 그는 분명 그녀가 가장 좋아하는 초대 손님 중의 하나임에 틀림없었다.

"잘 먹었습니다, 정말 고맙습니다."

몬탈바노는 식사를 끝내고 이렇게 말하면서 숨을 돌렸다. 어떤 면에서 주꾸미는 몬탈바노에게 기적과도 같은 일을 행했다. 왜냐하면 몬탈바노는 지금 다른 사람들이나 신과의 관계에서 편안한 상태를 유지하고 있다고 하더라도 여전히 자기 자신과는 갈등 상황에 있는 게 사실이었기 때문이다.

저녁 식사가 끝날 무렵, 부인은 식탁을 치우더니 사려 깊게도 경위를 위해서는 시바스 한 병을, 그리고 남편을 위해서는 아마로(포도주를 증류시켜 만든 독주 — 옮긴이) 한 병을 식탁에 올려놓았다.

"이제 당신들의 피살자들에 대해, 진짜 피살자들에 대해 이야기들 나누세요. 전 저쪽으로 가서 텔레비전에 나오는 가짜 주검들이나 보러 가야겠어요. 전 그들이 더 좋거든요."

그것은 적어도 보름에 한 번씩은 되풀이되는 일종의 의식이었다.

몬탈바노는 서장과 그의 부인을 좋아했고, 그러한 호감을 이들 부부도 마찬가지로 느끼고 있었다. 서장은 세련되고 교양이 있으며 사려 깊은 사람으로, 지금 시대에 보기 드문 선비 같은 인품을 지녔다.

그들은 형편없는 정치 상황과 이 도시에서 급증하고 있는 실업 문제와 공공질서가 마구 파괴되고 있는 상황 등에 관해 이야기했다. 그러고 나서 서장은 단도직입적으로 한 가지 질문을 했다.

"왜 아직도 루파렐로 수사를 종결하지 않았는지 설명해주겠나?

오늘 로 비안코로부터 걱정하는 전화를 받았다네."

"화가 나 있던가요?"

"아닐세. 난 자네에게 단지 그가 걱정하고 있을 뿐이라고 말했네. 아니, 당황하고 있다고 하는 편이 낫겠지. 왜 자네가 일을 이렇게까지 질질 끌고 있는지를 이해할 수 없는 거지. 솔직히 말하면 그건 나도 마찬가지라네. 여보게, 몬탈바노 자네가 잘 알다시피 내가 부하 직원에게 이런저런 결정을 빨리 내리게 하기 위해 어떤 압력을 넣거나 하는 사람이 아니라는 사실을 잘 알 걸세."

"잘 알고 있습니다."

"그렇다면, 내가 개인적으로 궁금해서 자네에게 질문을 한다면 설명해줄 텐가? 나는 친구로서 몬탈바노에게 말하고 있는 걸세. 잘 생각해보게나. 지적인 데다 명민하며 무엇보다도 인간관계에 있어 이 시대에는 보기 드물게 예의가 바른 한 친구에게 말일세."

"별 말씀을요. 그럼 솔직히 말씀드리겠습니다, 서장님. 서장님께는 당연히 그렇게 해야 하지요. 이번 사건 조사가 시작될 때부터 제가 의심쩍어했던 것은 사체가 발견된 장소였습니다. 평소 신중하고 냉정하며 야심만만한 사람이었던 루파렐로의 성격이나 삶의 방식에 비추어볼 때 그곳은 납득할 수 있을 만한 장소가 아니었지요. 그래서 저는 자문해보았죠. 왜 그랬을까? 만나라 같은 곳은 위험하기 짝이 없었을 텐데 단지 성관계 때문에 그곳에서? 그것도 그의 지위나 명예가 실추될 수 있는 위험을 무릅쓰고? 유감스럽게도 저는 전혀 답을 찾지 못했습니다. 뭐랄까요. 서장님, 적절한 비유를 들자면, 우리 공화국 대통령이 싸구려 나이트클럽에서 춤을 추다 심장마비로 죽은 거라고나 할까요?"

서장이 한 손을 들어 그의 말을 막았다.

"자네의 비유는 적절하지 않네."

희미하게 미소 지으며 서장이 그를 바라보았다.

"최근 들어 싸구려 나이트클럽에서 춤을 추었던 각료 몇 명이 있었지. 하지만 그들은 죽지 않았어."

'불행하게도 말이지' 라는 말이 거의 서장의 입 밖으로 튀어나올 뻔했지만 용케도 멈추었다.

"하지만 여전히 사실은 남습니다."

몬탈바노는 계속했다.

"그리고 이러한 최초의 인상은 루파렐로의 미망인에게서 충분히 확인되었습니다."

"그럼 그녀를 만났다는 말인가? 아주 사려 깊은 부인이지."

"저에게 이번 사건을 의뢰했던 것이 루파렐로 부인이었죠. 서장님의 추천으로 말입니다. 어제 루파렐로 부인을 잠시 만났는데, 부인은 제게 남편이 카포 마사리아에 자신만의 은둔처를 갖고 있었다고 말하고 그 집 열쇠를 주었습니다. 그러니 그가 왜 만나라 같은 장소에 자신을 드러내면서까지 갈 이유가 있었겠습니까?"

"나도 의심스럽게 생각했네."

"실제로 그가 그곳에 갔다고 가정해보죠. 어마어마한 설득력을 가진 여자에게 설득당해서 말입니다. 이곳 여자가 아닐 텐데도 그녀는 절대로 지나갈 수 없을 코스를 선택해 그를 그곳까지 데리고 간 것이죠. 차를 몬 것은 여자라는 것을 잊지 마십시오."

"지나갈 수 없는 길이라고 했나?"

"그렇습니다. 저는 그것에 대해서는 정확한 증언을 확보했을 뿐만 아니라 파지오 경사에게 지나가보라고도 했고 또 저 자신이 지나가보기도 했습니다. 자동차는 마른 칸네토 강바닥을 달려 내려갔는데, 그만 버팀대가 부서졌죠. 자동차는 만나라의 거대한 덤불 속으로 들어서자마자 정차했고 여자는 즉시 곁에 있던 남자 위에 올라타 사랑을 나누기 시작했습니다. 그러는 동안 루파렐로는 고통을 느끼고 죽었습니다. 그렇지만 여자는 소리치지도, 구조를 요청하지도 않았죠. 그녀는 얼음장같이 차갑게 차에서 내려 천천히 지방 도로로 이어지는 오솔길을 지나 돌연히 나타난 승용차를 타고 사라진 것입니다."

"확실히 자네 말대로, 모든 게 아주 이상해. 그 여자가 차를 세웠나?"

"정곡을 찌르셨습니다. 그렇게 보이지는 않습니다. 그리힌 판단이 맞다는 것을 보여주는 또다른 증언이 있습니다. 그녀를 태울 승용차는 빠른 속도로 달려왔지만 이미 차 문이 열린 상태였습니다. 다시 말해 운전사는 누구를 만날 것인지, 그리고 단 1분도 지체하지 않고 태워야 한다는 것을 이미 알고 있었던 겁니다."

"그런데 미안하지만 경위, 자네는 이 증언들은 모두 기록해두었나?"

"아닙니다, 그럴 이유가 없었습니다. 보십시오, 한 가지 분명한 사실은 루파렐로가 자연사했다는 것입니다. 공식적으로 제가 조사할 이유가 전혀 없습니다."

"그렇다면, 자네가 말한 대로라면 말일세……. 예를 들어 위험에 빠진 사람을 도와주는 것을 실패했을 수도 있지 않나?"

"그런 일이 무의미하다는 데 동의하시겠죠?"

"그렇다네."

"좋습니다. 이 지점에서 한 가지 짚고 넘어가야 할 것이 있는데요……. 루파렐로 부인이 제게 아주 핵심적인 사실을 하나 지적해주었습니다. 그것은 그녀의 남편이 사망했을 당시 팬티를 뒤집어 입고 있었다는 것이죠."

"잠깐만!"

서장은 말했다.

"잠시 숨 좀 돌리자고. 부인은 어떻게 남편이 팬티를 뒤집어 입고 있었다는 걸 알았지? 만일 진짜로 뒤집어 입었다면 말이야. 내가 알기로는 부인은 사망 장소에 가지 않았고, 과학수사대의 실험실에도 가지 않았네."

몬탈바노는 움찔했다. 너무 충동적으로 말을 내뱉었던 것이다.

분명 미망인에게 사진들을 주었을 자코무치를 곤란하게 해서는 안 된다는 것을 고려하지 않았던 것이다. 하지만 이제는 빠져나갈 방도가 없었다.

"부인은 과학수사대에서 찍은 사진들을 갖고 있었습니다. 어떻게 손에 넣었는지는 저도 모릅니다."

"어쩌면 난 알지도 모르겠네."

서장이 얼굴을 찌푸리며 말했다.

"루파렐로 부인은 사진들을 확대경으로 자세히 관찰했고, 제게도 보여주었습니다. 그녀가 옳더군요."

"그리고 그러한 정황에 따라 부인 스스로 하나의 논리 구조를 추론해냈단 말이지?"

"그렇죠. 루파렐로 부인은 남편이 만약 자기도 모르게 팬티를 뒤집어 입었다 해도 얼마 후에는 자연스럽게 잘못 입은 것을 알아차렸을 거라는 전제에서 출발한 겁니다. 루파렐로는 이뇨제를 복용하고 있었기 때문에 하루에도 몇 번씩 소변을 보아야만 했으니까요. 그러니까 부인은 이러한 가정에서 출발해서 말하기 좀 뭐한 당혹스런 상황에서 급습을 당한 남편이 급히 다시 옷을 입고 만나라로 가도록 강요당했다고 믿게 된 거죠. 루파렐로 부인에 의하면, 그곳에서 남편은 어쩔 수 없이 타협하고 정계에서 물러날 수밖에 없는 상황에 처했을 거라는 겁니다. 하지만 그것이 전부가 아닙니다."

"아무것도 숨기지 말고 다 말해보게나."

"사체를 발견한 두 청소부는 경찰에 알리기 전에 리초 변호사에게 알려야만 한다고 생각했습니다. 리초와 루파렐로가 절친한 사이라고 생각했거든요. 그런데 리초는 놀라지도 충격을 받지도 않았어요. 그는 걱정하지도 불안해하지도 않았을뿐더러 아무렇지도 않게 두 사람에게 당장 경찰에 신고하라고까지 했습니다."

"그런데, 그건 어떻게 알았나? 전화 도청이라도 한 건가?"

서장은 직설적으로 물었다.

"물론 아니죠. 두 청소부 중 하나가 짧은 대화 내용을 그대로 써놓았죠. 그가 그렇게 기록해둔 이유를 여기서 설명하기에는 너무 복잡할 것 같습니다."

"협박하기 위해 쓴 건 아닐까?"

"아닙니다. 그것을 갖고 희곡을 하나 써볼 생각이었다고 합니다. 저를 믿어주십시오. 그는 범죄를 저지를 생각이 전혀 없었습니다. 그리고 여기서 우리는 문제의 핵심으로 들어가게 되죠. 바로 리초 변호사에게로요."

"잠깐만, 오늘 저녁에는 자네를 질책할 방도를 찾아야겠다는 생각이 드는걸. 간단한 일들을 종종 복잡하게 만드는 자네의 쓸데없는 과욕에 대해서 말일세. 자네는 분명 샤샤의 『결백한 사람』을 읽었을 걸세. 주인공이 어떤 대목에서 사건들은 거의 언제나 단순한 것일 수 있다고 주장하는 장면 기억하나? 내 그 장면을 자네에게 상기시키고 싶네."

"읽었죠. 하지만 보십시오. '결백한 사람'은 '거의 언제나'라고 말하지 '항상'이라고는 말하지 않습니다. 예외를 인정하는 거죠. 그리고 루파렐로의 이 사건은 사건들이 단순해 보이도록 하는 방식으로 전개된 경우입니다."

"그렇다면 반대로 복잡하다는 건가?"

"바로 그렇습니다. 『결백한 사람』에 관한 겁니다만 서장님은 부제를 기억하십니까?"

"물론이네. '시칠리아에서 꾼 꿈' 아닌가?"

"그렇죠, 여기선 반대로 우리가 일종의 악몽을 꾸고 있는 겁니다. 리초가 살해당했기 때문에 이제는 확인하기 어려울 가정을 하나 감히 말씀드려보겠습니다. 그러니까 일요일 저녁 일곱 시쯤 루파렐로는 아내에게 많이 늦을 것이며, 중요한 정치 회합이 있을 거라고 알립니다. 그리고 그는 말과는 다르게 애정 행각을 벌일 장소인 카포 마사리아의 은둔처로 향하지요. 서장님께 바로 말씀드리는 게 나을 것 같은데요, 루파렐로와 함께 있던 사람에 대한 최종적인 수사는 매우 어려울 것입니다. 그건 루파렐로가 양손잡이였기 때문이죠."

"미안하지만 무슨 뜻인가? 양손잡이란, 여기 시칠리아에서는 왼손만큼 오른손도 무리 없이 잘 사용할 수 있는 사람을 일컫네만."

"꼭 그런 의미는 아니지만 여성과 성관계하는 것만큼이나 남성

하고도 무리 없이 관계를 맺는 사람을 일컬을 때에도 사용됩니다."

두 사람 모두 어찌나 심각한지 마치 새로운 사전을 쓰고 있는 두 명의 교수 같았다.

"대체 무슨 얘기를 하는 건가!"

서장은 어이없어했다.

"루파렐로 부인 자신이 저에게 확인해준 사실입니다. 아주 분명하게요. 분명 그녀는 제게 이야기를 꾸며낼 필요가 없었습니다. 특히 이 점과 관련해서는요."

"자네는 그 은둔처에 갔었나?"

"네, 완벽하게 치워져 있었죠. 루파렐로와 관련된 몇 가지 물건들 외엔 아무것도 없었습니다."

"자네의 추측을 계속해보게나."

"조사 후에 발견된 정액의 흔적으로 알 수 있는 것처럼 성행위를 하고 있는 동안에, 아니면 바로 그 직후에 루파렐로는 사망했습니다. 그와 함께 있던 여자는……."

"잠깐!"

국장이 명령했다.

"자네는 어떻게 그 사람이 여자였을 거라고 그렇게 확신할 수 있는가? 자네 스스로 방금 전에 나에게 루파렐로의 성관계 대상, 좀더 정확하게 말하면 그가 양성애자라고 나에게 설명하지 않았나?"

"제가 왜 확신하는지 말씀드리겠습니다. 그러니까 그 여자는, 상대가 죽었다는 것을 알자마자 이성을 잃고 뭘 어떻게 해야 할지 알 수가 없었습니다. 너무나 흥분한 나머지 걸고 있던 목걸이까지 잃어버리고도 알아차리지 못했던 것입니다. 얼마 후 안정을 찾은 뒤 여자는 유일하게 할 수 있는 일이라곤 루파렐로의 왼팔인 리초에게 전화를 걸어 도움을 청하는 것뿐이라는 사실을 깨닫게 됩니다. 리초는 그녀에게 어서 집을 떠나고 자신이 집에 들어갈 수 있도록 열쇠를 숨겨놓으라고 하고, 나머지 일처리는 모두 자신이 알아서 할 것이라면서 그렇게 비극적으로 끝난 밀회에 대해서는 아무도 모를 것이라고 여자를 안심시킵니다. 안심한 여자는 무대에서 퇴장합니다."

"뭐라고, '무대에서 퇴장한다'고? 루파렐로를 만나라로 데리고 간 것은 여자가 아니었나?"

"네, 아닙니다. 계속하죠. 리초는 카포 마사리아로 달려가서 시체에게 급하게 옷을 입힙니다. 그는 시체를 밖으로 옮겨 납득하기 어려운 장소에서 발견되도록 의도했던 겁니다. 그렇지만 이때 바닥에 떨어져 있는 목걸이를 보고 자신에게 전화했던 여자의 옷들을 장롱에서 발견하죠. 그제야 그는 이날이야말로 자신에게 행운의 날이 될 수도 있다는 것을 알아차립니다."

"어떤 의미에서?"

"그가 당의 제일인자가 되면서 모두를, 정적들뿐만 아니라 우군

들까지 포함해 모두를 궁지에 몰아넣을 수 있을 만한 위치에 오른다는 의미에서죠. 그에게 전화했던 여자는 잉그리드 쇼스트룀으로, 스웨덴 여자며 카르다모네 박사의 며느리죠. 카르다모네는 누구나 다 알고 있는 루파렐로의 후계자입니다. 그는 분명히 리초와 아무것도 나누어 갖고 싶어 하지 않을 사람입니다. 이제 서장님도 이해하실 겁니다. 전화가 왔다는 것과 잉그리드가 루파렐로의 정부였다는 것을 증명하는 것은 전혀 별개의 문제라는 것을요. 그것 말고도 해야 할 일이 더 있었습니다. 리초는 루파렐로의 오래된 당 친구들이 그의 정치적 유산에 와락 달려들 것이라는 사실을 알고 있었죠. 그래서 루파렐로의 친구들을 제거하기 위해 그들이 루파렐로라는 깃발을 흔드는 것을 수치스러워하도록 상황을 만들어놓아야 했습니다. 이를 위해서는 루파렐로가 철저하게 중상모략을 당해 진창에 빠져야만 했죠. 그래서 리초는 루파렐로의 시체가 만나라에서 발견되도록 한다는 근사한 묘안을 떠올렸던 겁니다. 만약 그녀가 이미 연루되어 있다면 어째서 루파렐로와 함께 만나라에 가고 싶어 했던 여자가 외국인이며, 이 지방의 풍습이나 관습으로는 그다지 정숙하지 않고 자극적인 감각만을 추구하는 잉그리드 쇼스트룀이라고 믿게끔 하지 않겠습니까? 만약 이 연출이 제대로 효과를 발휘한다면 카르다모네를 손아귀에서 흔들 수 있게 되는 거죠. 리초는, 증명하지는 못하겠지만 몰래 일하는 싸구려 뚜쟁이들인 자신의 두 친구에게 전화를 겁니다. 이들 중 한 사람은 그들 사이에선 마릴린이라는 이름으로 알려져 있는 안젤로 니코트라라는 호모입니다."

"어떻게 그자의 이름까지 알아냈나?"

"제가 전적으로 신임하고 있는 정보 제공자가 말해주었습니다. 어떤 의미에선 제 친구라 할 수 있죠."

"제제 말이야? 자네의 옛 동창 말인가?"

몬탈바노는 놀라서 입을 벌린 채 서장을 쳐다보았다.

"왜 나를 그렇게 바라보는 건가? 나 역시 형사라고. 계속하게나."

"자기 사람들이 도착하자 리초는 마릴린에게 여장을 하게 하고, 목걸이를 걸어준 뒤 주행이 불가능한 길, 그러니까 바로 마른 강바닥을 통해 시체를 만나라로 옮기라고 말했습니다."

"왜 그랬던 거지?"

"잉그리드에 대한 추가 증거가 필요했죠. 그녀는 자동차 경주 챔피언이어서 그러한 코스를 어떻게 운전해야 하는지 잘 알고 있거든요."

"그게 확실한가?"

"네. 제가 잉그리드에게 그 자갈밭을 날리게 했을 때 차 안에 함께 있었거든요."

"하느님 맙소사."

서장은 신유하듯 말했다.

"그녀에게 강요했나?"

"꿈에라도 그런 일은 없습니다! 잉그리드는 전적으로 동의했습니다."

"도대체 몇 명이나 이 일에 끌어들였는지 말해주겠나? 도대체 위기의식이라고는 전혀 없는 건가?"

"아무 문제없을 겁니다. 절 믿으십시오. 그리하여 두 사람이 시체와 함께 사라지는 동안 루파렐로가 갖고 있던 열쇠를 손에 쥐게 된 리초는 몬텔루사로 돌아와서 별 어렵지 않게 자신에게 유리한 서류들을 손에 넣을 게임을 합니다. 한편 마릴린은 리초에게 명령받은 대로 완벽하게 수행합니다. 성교 장면을 연기하고선 차에서 내려 그곳을 떠납니다. 그리고는 폐쇄된 공장 부근에 와서 풀숲 가까이에 목걸이를 숨기고, 공장 담 안쪽으로 가방을 던집니다."

"어떤 가방 말인가?"

"잉그리드의 것이죠. 가방엔 이니셜까지 있습니다. 리초는 그것을 우연히 루파렐로의 작은 집에서 발견했고 이용하려고 생각했던 거죠."

"어떻게 이런 결론에 도달했는지 설명해보게나."

"보십시오. 리초는 이미 드러난 카드 하나를 갖고 게임을 하고 있습니다. 그건 목걸이였고, 숨겨진 카드는 가방이었죠. 어떤 방식으로든 목걸이가 발견된다면 잉그리드가 루파렐로가 사망한 시간에 만나라에 있었다는 것을 명확하게 보여주는 증거가 될 것이었죠. 만약 누군가 우연히 목걸이를 주머니에 넣고는 입을 다물어버려도 리초에게는 게임에 사용할 카드로 가방이 남게 되는 거죠. 하지만 리초에게는 다행스럽게도 두 청소부 중의 한 명에 의해 목걸이가 발견되었습니다. 그가 그것을 제게 가져왔습니다. 결국 리초는 그럴듯한 변명으로 목걸이를 찾게 된 것을 설명했지만 어쨌든 '잉그리드-루파렐로-만나라' 라는 삼각 연계 구도를 만들어냈습니다. 그러나 가방은 제가 찾았죠. 두 가지 증언이 일치하지 않는 것에 기초해서 말이죠. 즉, 여자가 루파렐로의 승용차에서 내렸을 때는 가방을 손에 들고 있었지만 지방 도로에서 자동차 한 대가 그녀를 태워주었을 때는 더이상 가방이 없었다는 사실에서 말입니다. 간단히 말해, 리초의 두 남자가 은둔처로 돌아가서 모든 것을 제자리에 정리하고 열쇠를 다시 리초에게 건네줍니다. 동이 트자마자 리초는 카르다모네에게 전화를 걸어 자신의 카드들로 유리한 게임을 시작합니다."

"맞아, 그렇군. 그런데 리초는 또한 자신의 생명을 게임에 걸기 시작한 거지."

"그건 또다른 얘기가 되겠군요. 만약 그렇다면 말이죠"

몬탈바노가 말했다.

서장은 놀라서 그를 쳐다보았다.

"무슨 뜻인가? 도대체 뭘 생각하고 있는 건가?"

"간단하게 말해서 이 모든 이야기에서 아무 탈 없이 살아남아 빠져나온 단 한 사람은 카르다모네라는 거죠. 리초가 살해당한 것이 그에게는 완전히 천운이었을 것이라고 생각되지 않으십니까?"

서장은 벌떡 일어섰다. 그가 진심으로 말하는 건지 아니면 농담을 하는 건지 분명하게 구분되지가 않았다.

"이보게, 몬탈바노. 더이상 도가 지나친 발상은 하지 말라고! 파리 한 마리도 해코지하지 못하는 신사인 카르다모네는 그냥 내버려두라고!"

"농담 한번 해봤을 뿐입니다, 서장님. 수사에서 뭐 새로운 거라도 밝혀진 게 있습니까?"

"어떤 소식이 있기를 원하는가? 자네 리초가 어떤 사람이었는지 알고 있잖나? 존경받을 만한 사람이든 아니든 리초가 알고 있던 10명 중 8명은 아마도 리초가 죽기를 바랐을 걸세. 일종의 정글, 그러니까 살인자일 수도 있는 사람들이 모여 만들고 있는 숲에서 본인들의 손이나 다른 중개자의 손에 의해서 말일세. 내가 말하려는 것은, 자네 이야기는 리초 변호사가 어떤 성격의 소유자였는지를 아는 사람에게나 그럴듯하게 들린다는 것이네."

서장은 아마로 한 잔을 조금씩 음미하면서 마셨다.

"그렇지만 자네는 나를 사로잡았네. 자네가 조사한 것과 추리는 일종의 고단수 추리 연습이었네. 때때로 자네는 밑에 아무런 보호망도 설치되지 않은 줄 위에 서 있는 곡예사처럼 보이기도 했네. 솔직히 말하자면, 자네 추리는 근거 없는 것이기 때문일세. 자네는 내게 이야기한 것에 관해 어떤 증거도 갖고 있지 않네. 모든 것이 다른 방식으로 읽힐 수도 있을 걸세. 그리고 훌륭한 변호사라면 아마도 땀 한방울 흘리지 않고도 자네 추론들을 해체시킬 수 있는 방법을 알 걸세."

"압니다."

"어떻게 할 생각인가?"

"내일 아침에 로 비안코 판사에게 사건을 종결하는 것에 아무 이의 없다고 이야기하겠습니다."

16

 "여보세요? 몬탈바노? 미미 아우젤로입니다. 방해가 되었다면, 죄송합니다. 하지만 확인시켜 드리려고요. 본서에 복귀했습니다. 언제 떠나시죠?"

 "팔레르모발(發) 비행기는 세 시에 있어. 그러니까 비가타에서 열두 시 반쯤에는 출발해야 할 거야. 점심 식사 후 바로 말이지."

 "그럼 못 뵙겠군요. 지금 상황으로는 사무실에 좀더 늦게까지 있어야 할 것 같아서요.. 뭐 새로운 소식이라도 있나요?"

 "파지오가 말해줄 걸세."

 "언제까지 휴가시죠?"

 "목요일까지."

 "즐겁게 쉬고 오세요. 파지오가 제노바의 전화번호 갖고 있죠? 그렇죠? 만약 큰일이 생기면 전화드리겠습니다."

몬탈바노의 업무를 인수인계할 부경위 미미 아우젤로가 휴가를 마치고 제 날짜에 정확히 돌아왔다. 그러니 그는 아무 문제없이 떠날 수 있었다. 아우젤로는 유능한 사람이었다. 몬탈바노는 리비아에게 전화를 걸어 도착 시간을 알렸고, 리비아는 기뻐하며 공항에 나올 것이라고 했다.

몬탈바노가 사무실에 도착하자마자 파지오 경사가 소금 공장 노동자들이, '유동적으로 된' ― 해고를 가리키는 위선적인 완곡어법이었다 ― 노동자들이 기차역을 점거하고 있다고 보고했다. 노동자의 부인들은 철로에 드러누워 기차가 통과하는 것을 저지하고 있었다. 경찰 진압 부대는 이미 현장에 출동해 있었다. 그들도 꼭 가야만 할까?

"뭣하러?"

"그게…… 저도 잘 모르겠습니다만 도움을 좀 주려고요."

"누구에게?"

"누구에게라뇨, 경위님? 경찰 진압 부대에게 말이죠. 저희도 질서를 바로잡는 공권력 아닙니까? 그렇지 않다고 증명될 때까지는 말이죠."

"만일 정말로 누군가를 돕고 싶어 안달이 난 거라면 역을 점령하고 있는 사람들이나 돕게나."

"경위님도 참, 제가 항상 생각하던 게 있는데요. 경위님은 공산주의자라는 것입니다."

―

"경위님, 스테파노 루파렐로입니다. 죄송합니다. 제 사촌 조르조가 경위님을 만나러 갔었습니까?"
"아니요, 만난 적 없습니다."
"집에 있는 저희들은 매우 걱정하고 있습니다. 진정제에서 깨어나자마자 집을 나가 다시 사라졌습니다. 어머니가 조언을 듣고 싶어 하십니다. 동생을 찾기 위해 경찰에 수색을 요청해야 하는 건 아니지요?"
"아니지요. 어머님께 말씀드리세요. 제가 보기에 그럴 필요는 없습니다. 조르조는 무사히 다시 돌아올 테니 어머님께 안심하라고 말씀드리세요."
"어쨌든 무슨 소식이라도 알게 되면 저희에게 알려주십시오."
"어려울 것 같군요. 휴가를 떠나려고 하거든요. 금요일에나 돌아올 겁니다."

―

보카다세에 있는 리비아의 빌라에서 그녀와 함께 보낸 사흘은 몬탈바노로 하여금 시칠리아를 거의 잊게 만들었다. 오랜만에 리비아 곁에서 지친 몸과 마음이 회복될 만큼 깊은 잠을 이룰 수 있었기 때문이기도 했다. 그러나 '거의'라고 표현한 것은 두세 번, 돌연 고향 냄새나 말투 또는 일 등이 그를 붙잡아 가볍게 공중으로 들어 올려 몇 초 만에 비가타로 데려가기도 했기 때문이다. 그럴 때마다 매번 몬탈바노는 알고 있었다. 리비아가 몸은 그녀와 함께 있지만 마음은 고향에 가 있는 몬탈바노의 순간적인 부재를 알아차리고는 그저 아무 말없이 자기를 바라본다는 것을.

목요일 저녁, 몬탈바노는 파지오에게 뜻하지 않은 전화를 받았다.

"별로 중요한 건 아닙니다, 경위님. 그저 경위님 목소리를 듣고 내일 돌아오시는지 확인하려고 전화드렸습니다."

몬탈바노는 아우젤로 부경위와 파지오 경사의 관계가 거북하다는 것을 잘 알고 있었다.

"자네, 위로가 필요한 선가? 아우젤로의 심술기가 또 발동한 거야? 그래서 기분이 상한 거야?"

"아우젤로 경위님은 제가 하는 모든 일이 좀처럼 만족스럽지 않은 모양이에요."

"좀 참게나……. 내일 돌아간다고 했지 않나? 뭐 새로운 소식이라도 있어?"

"어제 시장을 포함해서 3명의 시의원이 추가로 구속되었습니다. 공무원 직위를 이용한 공갈 협박 및 수뢰 혐의입니다. 항구 확장 공사와 관련해서요."

"결국 그들이 거기까지 이르렀군."

"네, 반장님. 하지만 너무 큰 기대는 하지 마십시오. 여기서도 밀라노의 판사들을 따라 하려고 합니다만 밀라노하고는 아주 거리가 멀죠."

"다른 일은?"

"감바르델로을 찾아냈습니다. 기억나세요? 주유하는 동안 살해당할 뻔했던 자 말입니다. 감바르델로는 시골 구석에 처박혀 있던 게 아니라 자신의 승용차 트렁크에서 발견됐습니다. 다리는 뒤로 꺾여 줄에 묶여 있었고 목은 그 줄의 다른 한쪽에 감겨 피살되었습니다. 그후 용의자들은 차에 불을 질러 완전히 태워버렸죠."

"그들이 차를 완전히 연소시켰다면 자네들은 어떻게 감바르델로가 그런 식으로 묶여 있었던걸 알았지?"

"용의자들은 철사를 이용했습니다, 경위님."

"내일 보자고, 파지오."

이번에 그를 다시 고향으로 이끈 것은 단지 고향 냄새와 말소리만이 아니었다. 거기엔 어리석음과 잔인함, 공포도 함께 있었다.

사랑을 나눈 후에 리비아는 잠시 동안 아무 말없이 있더니 이내 그의 손을 잡았다.

"무슨 일이에요? 당신 경사가 뭐래요?"

"뭐, 별로 중요한 일은 아냐. 날 믿으라고."

"그럼 왜 당신 얼굴이 갑자기 그늘진 거죠?"

리비아의 말은 다시 한 번 몬탈바노의 결심을 확인해준 셈이었다. 다시 말해, 만약 그가 이 세상에서 누군가에게 장엄 미사곡 전체를 불러준다면 그 사람은 바로 리비아가 될 것이라는 걸 말이다. 몬탈바노는 서장에게 미사곡의 1절만을 불러주었다. 그나마 그것도 띄엄띄엄 불러주었다. 그는 일어나 침대 중간에 앉으며 베개를 바로 놓았다.

"내 얘기 좀 들어봐."

━━━

몬탈바노는 리비아에게 만나라, 루파렐로에 대해, 그의 조카 조르조가 그를 향해 키운 애정에 대해, 또 어떻게 어느 순간 이 애정이 사랑, 즉 열정으로 바뀌었는가에 대해, 카포 마사리아의 집에서 있었던 마지막 애정 행각, 루파렐로의 죽음, 자기 자신 때문이 아니라 이모부에 대한 그리움과 기어 때문에 스캔들이 혹 일어나지 않을까 하는 공포로 미쳐 있던 조르조에 대해, 그리고 어떻게 이 젊은이가 시체에 옷을 다시 입혀 차로 옮긴 후 다른 곳에서 발견되게 하려고 시체를 질질 끌고 갔는지를 이야기했다. 계속해서 몬탈바노는 그러한 속임수가 영원한 비밀로 남지 못하고, 모두가 알게 될 것이라는 생각으로 인해 조르조가 겪었을 두려움과 걱정, 바로 전날까지만 해도 조르조가 지니고 다닌 — 몬탈바노가 아직 차에 갖고 있었다 — 부목 목걸이를 어떻게 루파렐로에게 걸어주려고 생각했는지, 또 어떤 이유로 조르조가 검은 천으로 그것을 감추려고 했는지, 어떻게 조르조가 간질병이 도질까봐 다시 한 번 공포에 떨게 되었는지, 왜 그가 리초에게 전화를 했는지 등을 설명했다. 그리고 몬탈바노는 리비아에게 리초 변호사가 누구인지도 설명해 주었다. 그리고 리초가 사태 수습을 원만하게 끝내면 그 죽음이 자신에게 행운이 될 수도 있다는 것을 어떻게 알았는지를 이야기해 주었다.

몬탈바노는 리비아에게 잉그리드와 그녀의 남편인 자코모에 관해, 카르다모네 박사와 그가 며느리에게 가했던 폭행에 관해 이야기했다. 그는 다른 표현을 찾을 수가 없어 폭행이라는 말을 썼다. 리비아는 '추잡한 일'이라고 표현했다. 그는 계속해서 리초가 어떻게 그들의 관계를 의심했으며, 어떻게 그가 아닌 카르다모네가 미끼를 물게 함으로써 잉그리드를 휘말려들게 하려 했는지 이야기해주었다. 리비아에게 마릴린과 그의 공범에 대해서도 말해주었다. 그리고 몬탈바노는 자동차로 강바닥을 아찔하게 질주했던 일과 만나라에 세워진 차 안에서 연출되었던 소름끼치는 팬터마임에 관해서도 이야기했다.

"잠깐만요, 뭔가 센 걸로 한잔해야겠어요."

리비아가 돌아오자 몬탈바노는 그녀에게 다른 지저분한 세부 사항들에 대해 더 이야기했다. 목걸이, 가방, 옷가지들 등에 대해서 말이다. 그는 리비아에게 사진들을 보고 조르조가 느낀 심한 절망감에 대해 말해주었다. 그것은 조르조가 그 사진들로 인해 루파렐로에 대한 기억과 자신을 향한 리초의 이중적 배신을 깨달았기 때문이었다. 루파렐로에 대한 기억은 그가 어떠한 희생을 치르더라도 지켜내고 싶었던 것이라고 몬탈바노는 말했다.

"잠깐만요, 잉그리드라는 여자는 미인인가요?"

리비아가 물었다.

"엄청 미인이지. 당신이 정확히 무슨 생각을 하고 있는지 알아. 그러니까 더 얘기해줄게. 나는 잉그리드와 관계된 모든 거짓 증거들을 없애버렸어."

"그건 당신답지 않아요."

리비아가 화를 내며 말했다.

"난 심지어 사태를 한층 더 악화시키고 말았어. 내 말 좀 들어봐. 카르다모네를 손아귀에 쥔 리초는 정치 목적을 이루지만 조르조의 반응을 하찮게 여기는 실수를 하게 되지. 조르조는 빼어난 외모를 가진 젊은이야."

"그럴 리가! 그자까지도!"

리비아는 농담으로 넘기려 했다.

"하지만 조르조는 아주 여린 성격의 소유자지."

몬탈바노는 계속했다.

"조르조는 머리가 혼란스럽고 감정에 북받쳐 카포 마사리아의 빌라로 달려가서 루파렐로의 권총을 집어들었어. 그는 우연히 리초와 만나게 되고 리초를 마구 두들겨 팬 후 그자의 목덜미에 총을 쏘았지."

"그를 체포했나요?"

"아니, 내가 당신에게 증거들을 없애버리기보다 사태를 더 악화시켰다고 말했잖아. 보라고, 몬텔루사의 내 동료들은 리초를 살해한 것이 마피아였다고 생각해. 그냥 그렇게 뜬구름 잡듯 나온 가정은 아닐 거야. 그리고 난 그들에게 내가 진실이라고 생각하는 것을 말하지 않았어."

"대체 왜죠?"

몬탈바노는 두 팔을 공중으로 들어올리며 대답하지 않았다. 리비아는 욕실에 들어갔다. 밖에서 욕조에 물 받는 소리가 들렸다. 시간이 좀 지나 몬텔바노가 리비아에게 들어가도 되느냐고 물었을 때 리비아는 그때까지도 물이 가득한 욕조에 앉아 무릎을 세워 턱을 괴고 있었다.

"당신은 그 집에 권총이 있었다는 것을 알고 있었나요?"

"응."

"그리고 거기 그대로 두었나요?"

"응."

"자진 승진을 한 거군요! 네?"

리비아가 오랫동안 말없이 있다가 물었다.

"경관에서 신까지, 4류짜리 신 말이에요. 어쨌든 신은 신이지요."

―

몬탈바노는 비행기에서 내려 공항에 있는 바에 들렀다. 기내에서 제공하는 검은 물을 탄 듯한 미국식 커피를 마신 뒤라 진짜 에스프레소를 마시고 싶었다. 누군가 그를 부르는 소리가 들렸다. 스테파노 루파렐로였다.

"어디 가십니까? 밀라노로 돌아가시는 겁니까?"

"네, 다시 일하러 갑니다. 너무 오랫동안 자리를 비웠습니다. 그리고 좀더 큰 집을 보러 갑니다. 집을 구하고 나면 어머니가 오실 거예요. 어머니를 혼자 두고 싶지 않아서요."

"참 좋은 생각입니다. 몬텔루사에 여동생과 조카가 계시기는 하지만……"

스테파노의 표정이 굳어졌다.

"그럼 경위님은 모르시는군요?"

"뭘 말입니까?"

"조르조가…… 죽었습니다."

몬탈바노는 작은 커피잔을 내려놓았지만 충격적인 소식을 듣고 커피를 쏟았다.

"어떻게 된 거죠?"

"경위님이 떠나시던 날 제가 조르조의 행방을 혹 알고 계신가 해서 경위님께 전화를 걸었던 거 기억하십니까?"

"물론이지요."

"다음 날 아침에도 그는 돌아오지 않았습니다. 그래서 저는 경찰과 카라비니에리에 알려야 한다고 생각했습니다. 그러나 그들은 몇 번 수박 겉핥기식 수색만 했을 뿐입니다. 아…… 죄송합니다. 리초 변호사의 살인 사건을 조사하느라 너무 바빴던 걸지도 모르죠. 일요일 오후, 배에서 낚시를 하던 한 낚시꾼이 산 필립포 바로 밑 암초 위에 자동차 한 대가 추락해 있는 것을 보았죠. 그 지역을 아십니까? 카포 마사리아 바로 앞쪽인데요."

"네, 알고 있습니다."

"그렇군요. 낚시꾼은 자동차를 향해 노를 저었고, 운전석에 사람이 있는 것을 보고는 바로 경찰에 신고했습니다."

"사고 원인은 밝혀졌나요?"

"네. 제 사촌은…… 경위님이 아시다시피, 아버지의 죽음 이후에 실로 혼란스러운 상태에서 살았습니다. 과도하게 진정제와 진통제를 맞으면서요. 그는 커브길을 따라가는 대신에 바다 쪽으로 직진했던 겁니다. 그리고 그 순간 가드레일이 부서질 정도로 세게 달렸던 겁니다. 동생은 아버지의 죽음을 이겨낼 수 없었습니다. 제 아버지에 대한 진정한 열정을 갖고 있었으니까요. 그를 사랑했던 거죠."

스테파노 루파렐로는 '열정'과 '사랑'이라는 두 단어를 완고하고 정확한 어조로 말했다. 또렷한 발음으로 혹시라도 두 단어의 의미가 희석되는 것을 막으려는 것 같았다. 스피커에서 밀라노행 항공기의 승객들을 부르고 있었다.

―

공항 주차장 밖으로 나오자마자 몬탈바노는 전속력으로 차를 몰았다. 아무것도 생각하고 싶지 않았다. 운전에만 집중하고 싶었다. 약 100킬로미터쯤 달려 그는 어느 작은 인공 호숫가에 멈추었다. 그는 차에서 내려 트렁크를 열고 목의 부목을 꺼내 물에 던져버리곤 가라앉기를 기다렸다. 그때서야 비로소 그는 미소를 지었다. 그는 신처럼 행동하고 싶었던 것이다. 리비아가 옳았다. 하지만 이 4류짜리 신이 최초의 — 그리고 바라기로는 마지막 — 경험에서 사건의 전말을 완전하게 일아맞추었기를.

―

비가타로 가기 위해서는 어쩔 수 없이 몬텔루사 경찰서를 지나야만 했다. 그런데 바로 경찰서 앞에서 자동차가 말을 듣지 않았다. 몬탈바노는 다시 시동을 걸어 차를 움직여보려고 했지만 영 말을 듣지 않고 꿈쩍도 하지 않았다. 차에서 내려 도움을 청하기 위해 경찰서로 가고 있을 때 그를 아는 한 형사가 가까이 다가왔다. 형사는 몬탈바노가 차와 씨름하는 것을 보았던 것이다. 형사는 앞 보닛을 올리고, 잠시 손을 보더니 보닛을 닫으며 말했다.

"다 됐습니다. 하지만 가끔 차를 정비사에게 보이십시오."

몬탈바노는 다시 차에 올라 시동을 걸고 바닥에 떨어진 신문들을 주우려 몸을 굽혔다. 그가 몸을 세웠을 때 열려진 창문 안으로 몸을 숙이고 있는 안나를 보았다.

"어떻게 지내니, 안나?"

그녀는 대답은 않고, 그저 바라보기만 했다.

"왜 그래?"

"당신은 정말 정직한 남자인가요?"

안나가 취조하듯 물었다.

몬탈바노는 그녀가 자기 침대에 잉그리드가 반나체로 있던 것을 본 그날 밤을 언급하고 있다는 걸 알았다.

"아니, 난 아니야."

그가 말했다.

"하지만 네가 생각하고 있는 이유 때문은 아니야."

옮긴이 **음경훈**

한국외국어대학교 이탈리아어과를 졸업하고 이탈리아 국립 토리노 대학에서 이탈리아 현대문학을 공부했다. 이탈리아 문학작품을 우리말로 옮기는 일을 하고 있으며, 옮긴 책으로는 『버지니아 울프: 글쓰기가 운명인 천재 작가』, 『용감한 세포 비안카』, 『역사의 운명을 바꾼 위대한 사람들 73』, 『동화로 읽는 자연이야기』, 『놀라운 이집트 비밀스러운 피라미드』 등이 있다.

물의 형태

지은이 │ 안드레아 카밀레리
옮긴이 │ 음경훈
펴낸이 │ 조형준
펴낸곳 │ 새물결 출판사
1판 1쇄 2009년 9월 9일
등록 서울 제15-52호(1989.11.9)
주소 서울특별시 마포구 연남동 565-31 1층 우편번호 121-869
전화 (편집부) 3141-8696 (영업부) 3141-8697 팩스 3141-1778
E-mail: sm3141@kornet.net
ISBN 978-89-5559-272-6(03880)
ISBN 978-89-5559-271-9(세트)

이 책의 한국어판 저작권은 Sellerio Editore, Palermo를 통해
저작권자와 독점 계약한 새물결출판사에 있습니다.
신저작권법에 의해 한국 내에서 보호를 받는 저작물이므로 무단전재와 복제를 금합니다.